中公新書 2608

上野　誠著

万葉集講義

最古の歌集の素顔

中央公論新社刊

はじめに

『万葉集』をどういうものだと考えるか？

それは、この分野を専門に研究している者にとっても、大きく、かつ重い課題である。一口に語るには勇気がいる。ここに蛮勇をもって語ると、四つの要素を持っているように思う。

一、東アジアの漢字文化圏の文学としての性格を有する。

二、宮廷文学としての性格を有する。

三、律令官人(りつりょうかんにん)文学としての性格を有する。

四、京と地方をつなぐ文学としての性格を有する。

私は、『万葉集』を研究して四十年近くになるが、同じ専門家の眼が恐(こわ)い。が、しかし。一方で、どの専門家でも、だいたいこの四つの要素と同じような指摘をするのではないか、とも思う。それでは、順次、見てゆこう。

『万葉集』は、きわめて特殊な用法もあるが、漢字を用いて書かれている。したがって、中国を中心として朝鮮半島、ベトナム、西域諸国に広がる「漢字文化圏」の文学であることについては、議論の余地がない。これらの漢字文化圏は、漢や唐を文明の発信地として、「漢字」を学びながら「儒教」を学び、「仏教」を学び、「律令」という法体系を学んで国造りを行なった。つまり、『万葉集』は、漢字文化圏の文学、それも、東の辺境の漢字文化圏の文学であるといえる（第一章）。

次に、『万葉集』は、宮廷文学としての側面を持っている。天皇と皇后を中心として、その生活を支える皇族や貴族たちの文学であることは間違いない。一方で、東歌や防人歌など、地方への関心も高く、遊女や旅芸人も登場するのが『万葉集』の特徴である。しかし、そういった地方や身分の低い人への関心というものも、あくまでも宮廷社会の人びとの関心であったということは、忘れてはならない（第二章）。

三つ目は、『万葉集』の作者や歌い手の多くは、国家から身分を保証され、経済的特権を持っていた役人であったということである。当時の言葉でいえば、官人である。その官人たちは、律という刑法と、令という行政法のなかで生きているので、「律令官人」ということができる。大伴旅人、その子家持こそ、『万葉集』の形成にもっとも大きく関わった人物であるのだが、彼らは官人であった。だから、国司（中央から派遣された地方官）として、大宰府（九州全域を統括した役所）へも、越中（富山県）へも地方赴任したのである。一方、彼らは大伴氏の構成員である氏人で、氏上すなわち氏の首領でもあった。氏人である彼らは、宮廷に出仕し、官人となることによって、その社会的地位を得たのである。氏族社会と律令社会をどう調和させるのか、それは日本の古代国家の大きな課題であった。万葉の時代は、そういう時代だったのである（第三章）。

四つ目は、飛鳥京（五九二〜六九四）、藤原京（六九四〜七一〇）、平城京（七一〇〜七八四）という京に暮らした人びとの文学ということができる。その意味では、「京の文学」ということができるだろう。「京」すなわち「都」である。この三つの「京」を古代都市といってよいかどうかということについては、議論の余地もあるが、古代都市生活者の文学という側面があることは間違いない。一方、その古代都市を支えるのが地方であり、『万葉集』は京と地方を往来する文学という側面を持っている。荒っぽくいえば、

京＝みやこの文学
地方＝ひなの文学

ということになる。『万葉集』は、その交流の文学なのだ（第四章）。

私は、この四つの性格をそのまま章として、本書を書いてゆきたい、と思う。オーソドックスな入門書であるならば、『万葉集』二十巻の構成から論じてゆくであろうが、本書ではそれを第五章に記すことにした。その他に「恋情文学としての性格を有する」「季節文学と

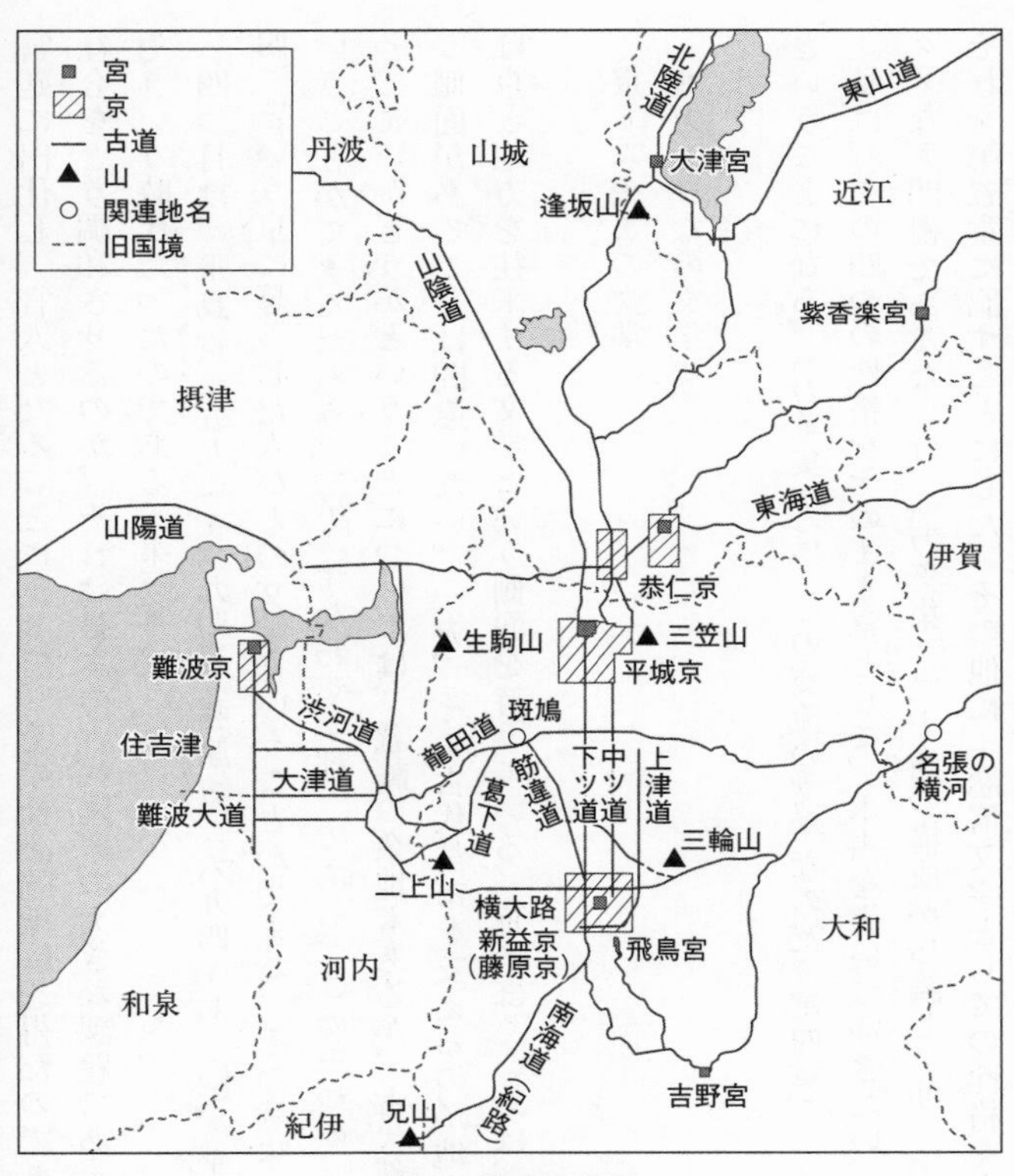

宮
京
古道
山
関連地名
旧国境
丹波
山城
北陸道
東山道
大津宮
逢坂山
近江
山陰道
紫香楽宮
摂津
東海道
山陽道
恭仁京
伊賀
生駒山
三笠山
難波京
平城京
渋河道
斑鳩
龍田道
住吉津
下ツ道
中ツ道
上津道
名張の横河
大津道
難波大道
葛下道
筋違道
三輪山
二上山
横大路
新益京(藤原京)
飛鳥宮
大和
河内
和泉
南海道(紀路)
吉野宮
紀伊
兄山

図１　畿内の宮都

しての性格を有する」といった要素を挙げる人もあろうが、それらについては章を設けず、適宜論じることとする。

その前に、『万葉集』に対するいくつかの誤解を正しておかなければならない。一つは、『万葉集』は朝鮮語で書かれているというミステリー本を、一つの学説として考えている人が多いということである。『万葉集』の言葉の一部に、古代の朝鮮語に由来するものがあるにせよ、歌は日本語で、題詞（歌の成立事情などを記す前書き。平安時代以降は詞書という）や序文は漢文で書かれている。一方、日本の古代社会は、多く渡来人を受け入れており、渡来人とその子孫たちが活躍した時代であった。実際にそういう人びとの歌も、『万葉集』には多い。けれども、それも日本語で詠まれ、『万葉集』に収載されているのである。この誤解は、解いておきたい。

次に、『万葉集』には、天皇から庶民までの歌が採られているという言説についてである。こういう言説が、『万葉集』を「国民国家」の歌集として位置づけるために吹聴された説であるということについては、品田悦一がその著『万葉集の発明』で説いたところであり、それは正しい。その担い手の大多数は、宮廷社会に生きる貴族たちであり、『万葉集』は貴族文学であるということができる。が、しかし。その一方で、あくまでも平安朝以降の歌集と比較しての話だが、『万葉集』が意図的に身分の低い人びとや、地方の人びとの歌を採用しようと努力していることも、事実である。これは、天皇や貴族の「徳」を示すことにつながるからである。身分の低い人びとや、地方で生きる人びとに慈愛の心を示すのは、「徳」の一つのかたちなのである。これは儒教思想に基づくものということができる。「民こそが国の宝」であるという思想から、広く民の歌々を集めようとした理想につながっているのである。そして、その手本は、中国最古の詩集『詩経』などにある。

私はこう考える。『万葉集』は宮廷貴族の文学であるが、「全日本」「オール・ジャパン」「全階層」の歌々を集めたいという「志向」がある。もちろん、それは「志向」でしかないが、「全日本」への「志向」は、『万葉集』の一つの性格をかたちづくっているということができる。

最後に、『万葉集』に収載されている歌々のかたちについて説明して、この「はじめに」の綴じ目としたい。「歌」というものは、ホモ・サピエンスが普遍的に有している文化である。「ウタウ」「カタル」「ハナス」などは、口から耳への情報を伝える方法の一つということができる。この言語活動には、「意味情報伝達」「音楽情報伝達」の二つの側面がある。

ウタウ・カタル・ハナス
- 意味情報伝達の側面
- 音楽情報伝達の側面

ことに歌は、音楽情報としての側面が大きいので、たとえ、外国語を理解する能力がなくても、歌を音楽として楽しむことができるのである。私は、外国の大学で『万葉集』を教える場合、最初は朗読を中心に授業をする。耳で聞いて、その歌の肌ざわりのようなものを感じてほしいからである。そのあとで、意味を伝えればよい。

こういった歌のかたちは、さまざまに存在しているのであるが、『万葉集』が収載しているのは、五音句と七音句に整えられた歌である。この五音句と七音句を組み合わせて、五・七・五・七・七……と長く続く長歌(ちょうか)。五・七・七・五・七・七のかたちをとる旋頭歌(せどうか)。五・七・五・七・七・七のかたちをとる仏足石歌(ぶっそくせきか)などの歌々を『万葉集』は収めているのである。しかし、その中心となったかたちは何かというと、それは、短歌体(たんかたい)である。短歌体は、五・七・五・七・七のかたちをとる歌で、このかたちは、七世紀後半から八世紀前半の『万葉集』の時代、すでにもっとも一般的なかたちであり、今日に至るまで、日本の歌の主要なかたちであるといえる。したがって、『万葉集』は、歌集といっても、特定のかたちの歌々を収める歌集であるということができる。これらの歌のかたちは、宮廷において歌われた歌のかたちであった。

当時においても、さまざまな歌のかたちが、日本列島には存在していたはずである。たとえば、五音句、七音句以外の歌々や、長歌や短歌以外のかたちを有する歌々も、たくさんあったはずなのである。しかし、『万葉集』に収められている歌々は、五音句、七音句の一定の型を持った宮廷の歌々なのである。この五・七・五・七・七という歌のかたちは、その後の日本の宮廷における「やまと歌」の伝統を形成することになってゆく。

なお、畏れ多いことだが、昭和の碩学、山田孝雄（一八七五～一九五八）に本書と同名の『万葉集講義』（全三冊、一九二八～三五年、寶文館）がある。失笑は覚悟のうえ、筆者の思いを優先し、同一の書名とした。

万葉集講義　目次

本書に登場する枕詞

「枕詞（まくらことば）」とは、特定の言葉を引き出す言葉であり、今日ではやまと歌特有の修辞法といわれている。本書では一つ一つの枕詞の説明を省いたので、ここに一覧表を載せておく。もって理解の助けとしてほしい。

なぜ特定の枕詞が特定の言葉を引き出すのか、わかる場合とわからない場合がある。また、使用している作者や歌い手が、なぜ特定の言葉を引き出すのか、わからないまま使っている場合も多い。したがって、枕詞とは、特定の言葉を引き出すための「しかけ」と考えておくのがよいだろう。また、枕詞と枕詞が引き出す言葉は、時代によって変遷もある。この一覧では、『万葉集』以後の時代の枕詞の使われ方もわかるように、引き出される言葉を列記しておいた。「枕詞」のおおよそをつかんでいただければ幸いである。

【あ】

あかねさす【茜さす】↓日／紫

あきづしま【秋津島／蜻蛉島】↓大和

あしがちる【葦が散る】↓難波

あしひきの【足引きの】↓山／峰（を）

あまくもの【天雲の】↓たゆたふ／別る

あまざかる【天離る】↓鄙（ひな）

あまとぶや【天飛ぶや】↓鳥／雁（かり）／軽（かる）

あらたまの【新玉の／荒玉の】↓年／月／日

あをによし↓奈良

【い】

いさなとり【勇魚取り／鯨魚取り】↓海／浜

【う】

うつせみの↓世／人／命／身

【お】

おしてる【押し照る】↓難波

【し】

しきしまの↓大和

しなざかる↓越（こし）

しらぬひ【白縫】↓筑紫

しろたへの【白妙の／白栲の】↓衣／袖／紐

【そ】

そらみつ↓大和

【た】

たまかぎる【玉かぎる】↓夕／ほのか

たまかづら【玉葛】↓長し／いや遠長く／絶ゆ

たまきはる↓命／世／内（うち）

たまづさの【玉梓の】↓使ひ

たまほこの【玉鉾の】↓道／里

たらちねの↓母／親

【つ】

つるぎたち【剣大刀】↓名（な）・汝（な）／とぐ／身に添ふ

【と】

とりがなく【鶏が鳴く】↓東（あづま）

【な】

なつそびく【夏麻引く】↓海（うな）・項（うな）／命

【ぬ】

ぬばたまの↓黒／夜／髪

【は】

はしたての【梯立の】↓倉／くま

はだすすき↓穂（ほ）

【ひ】

ひさかたの【久方の】↓空／天（あめ）／光

【ふ】

ふゆごもり【冬籠り】↓春／張る

【や】

やすみしし【八隅知し／安見知し】↓我が大君

【わ】

わかくさの【若草の】↓妻（つま）・夫（つま）

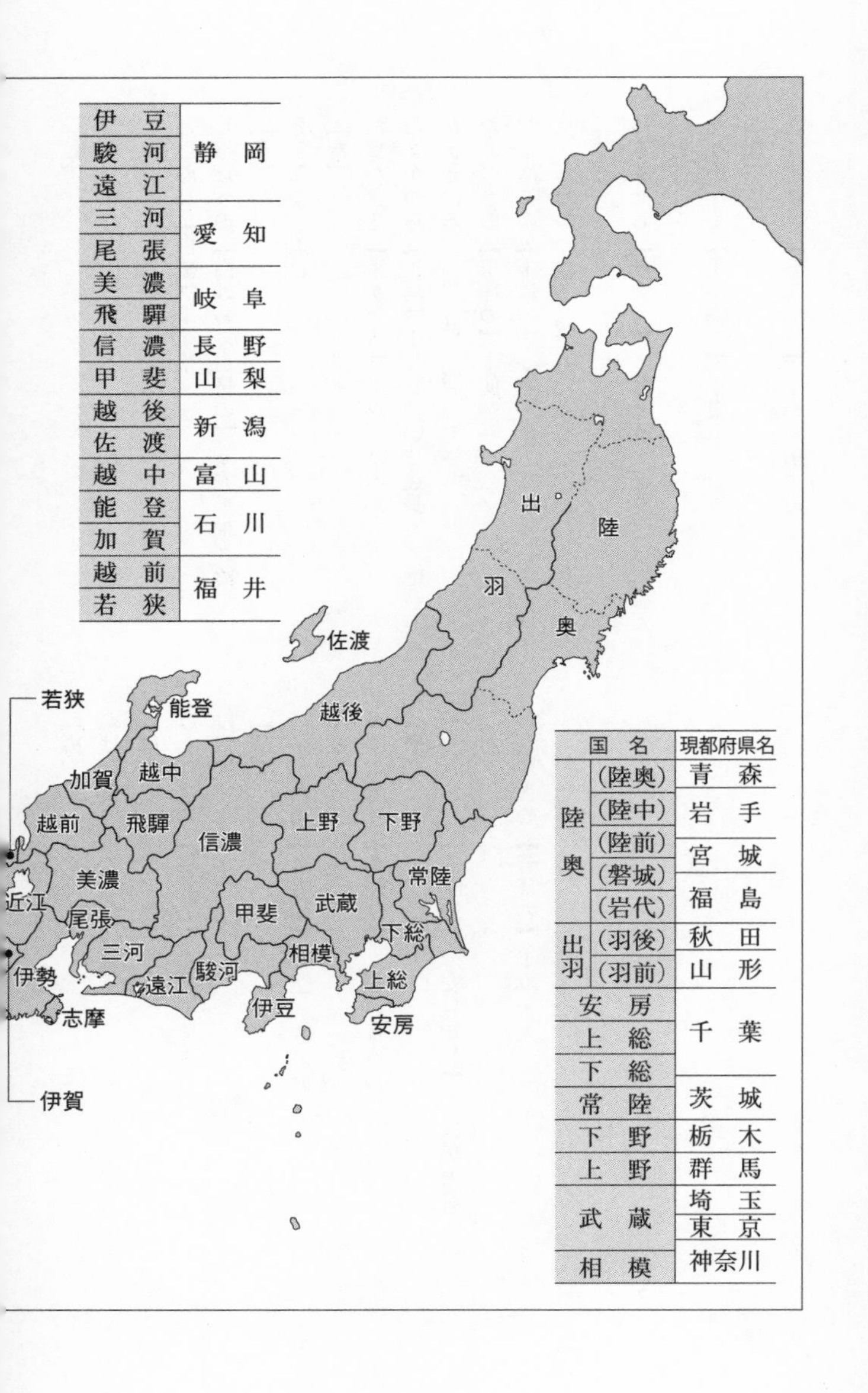

伊豆	静岡
駿河	
遠江	
三河	愛知
尾張	
美濃	岐阜
飛驒	
信濃	長野
甲斐	山梨
越後	新潟
佐渡	
越中	富山
能登	石川
加賀	
越前	福井
若狭	

国名		現都府県名
陸奥	（陸奥）	青森
	（陸中）	岩手
	（陸前）	宮城
	（磐城）	福島
	（岩代）	
出羽	（羽後）	秋田
	（羽前）	山形
安房		千葉
上総		
下総		
常陸		茨城
下野		栃木
上野		群馬
武蔵		埼玉
		東京
相模		神奈川

旧国名	都道府県
筑前	
筑後	福岡
豊前	
豊後	大分
日向	宮崎
大隅	鹿児島
薩摩	
肥後	熊本
肥前	佐賀
壱岐	長崎
対馬	

旧国名	都道府県
阿波	徳島
土佐	高知
伊予	愛媛
讃岐	香川
備前	
美作	岡山
備中	
備後	広島
安芸	
周防	山口
長門	
石見	
出雲	島根
隠岐	
伯耆	鳥取
因幡	

旧国名	都道府県
近江	滋賀
山城	京都
丹後	
丹波	
但馬	
播磨	兵庫
淡路	
摂津	
和泉	大阪
河内	
大和	奈良
伊賀	
伊勢	三重
志摩	
紀伊	和歌山

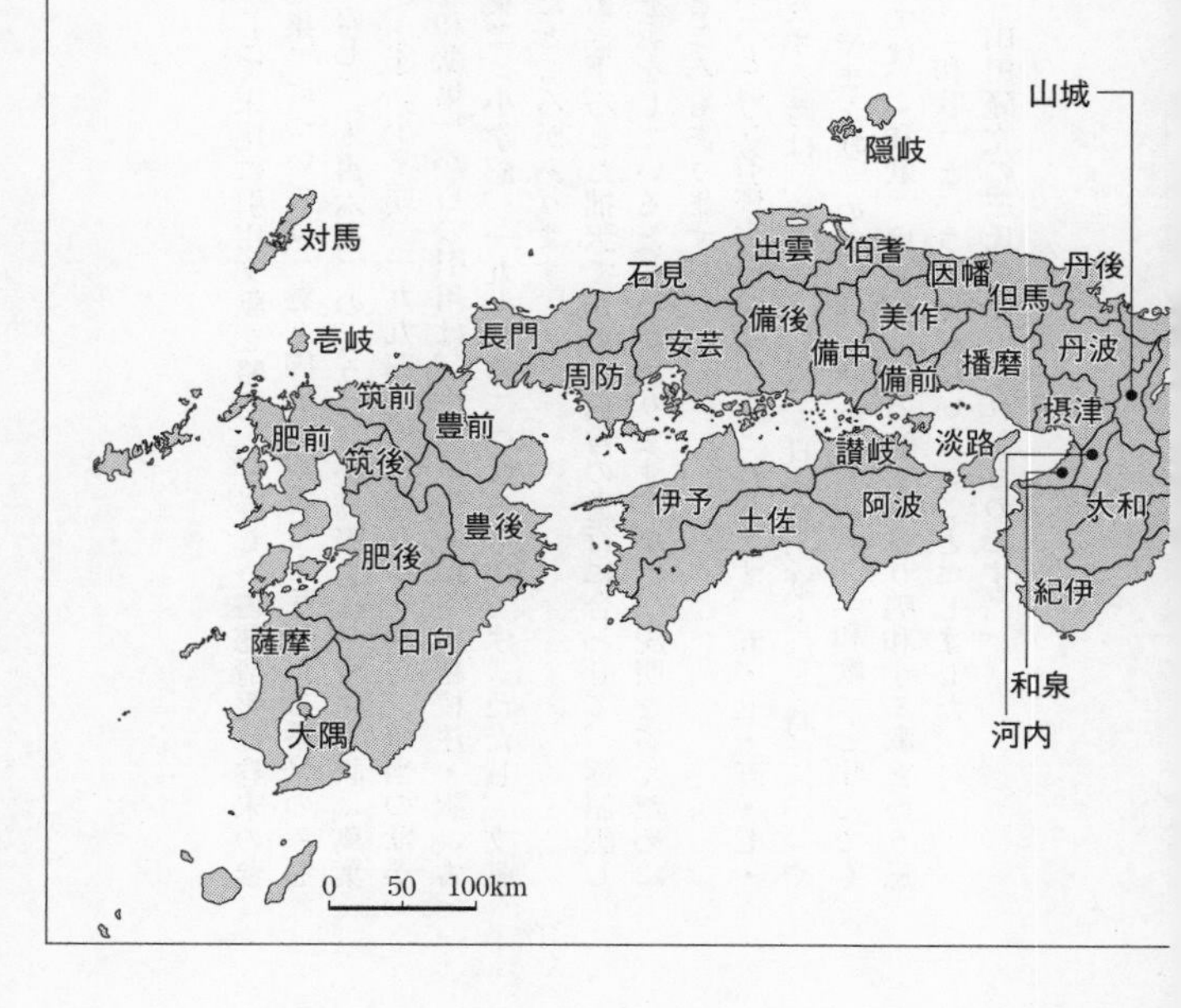

凡例

各文献を引用する場合、原則として末尾に引用文献を略記し、詳しい書誌情報は巻末の参考文献に示していますが、『万葉集』については、巻と国歌大観番号と呼ばれる番号のみを記しています。たとえば、「巻一の七」（本書六頁）のように。小島憲之ほか校注・訳『萬葉集（新編日本古典文学全集）』①〜④（小学館、一九九四〜一九九六年）から、該当の歌が引用されています。また、『古今和歌集』からの引用は、小沢正夫・松田成穂校注・訳『古今和歌集（新編日本古典文学全集）』（小学館、一九九四年）によるものです。ただし、文献の引用は、一部私意により改めたところがあります。

訳文は、すべて本書のために書き下ろした拙訳ですが、論旨の進行に合わせて、逐語訳したところと、翻案に近い大胆な意訳をしているところがあります。また、説明を省くために、必要に応じて内容を補っているところもあります。

なお、本書においては、「和歌」という名称を用いないことにします。五・七・五・七・七という歌のかたち、歌体に言及する時は「短歌」といい、日本語の歌という時には、「やまと歌」と呼びます。もちろん「やまと歌」の多くは、短歌体なので、「和歌」と呼んでもよいのですが、『万葉集』においては、「和歌」は「和（あ）はする歌」つまり唱和する歌という意で使われるので、本書ではあえて「和歌」という名称を用いないことにしました。

地図は、小鹿野亮、菅波正人、山田隆文の三氏が作成されたものです。

万葉集講義

天武天皇　俺の里には大雪が降ったよ。おまえさんの住む大原の古ぼけた里に降るのはあとだろうけどね——。

藤原夫人　なぁーに言ってるんですか。私の住んでいる丘の龍神さまに言って降らせた雪なんですよ。その雪のかけらがそっちに行ったんじゃないのかしらぁ——。

（『万葉集』巻二の一〇三、一〇四の歌をもとに会話劇風に）

第一章　東アジアの漢字文化圏の文学

漢字が作り出した社会

本書には、明確な主張がある。
それは、『万葉集』は、素朴でおおらかな歌々を集めた歌集である」、という通説を打破することである。そういった言説は、多事多難な現代を生きるわれわれが、一方的に『万葉集』に求めるものでしかない。ここに、万葉びとがいるとしよう。彼らはたぶん、こう言う、と思う。

とんでもない。私たちの時代だって、多事多難。それは、それは、漢字文化の大波が押し寄せて……。青い鳥なんて、どこにもいませんよ。

漢字は、もともと事物を表す記号から出発したが、二字以上の漢字を組み合わせることによって、文章（漢文）を書くことが行なわれるようになってゆく。この漢字と漢文の出現によって、異なる言語を使用している人びとが結ばれてゆく歴史があるのである。よく言われる「中国四千年の歴史」という言い方がこれにあてはまる。秦（しん）や漢のような強大な国家が出現したのは、漢字によって異なる地域の人びとが結ばれたからである。こう考えると、文字が人や地域を結合したということもできよう（世界の四大文明も、文字が作った帝国ということでは同じである）。

これは、歴史の発展段階の一つのように見えるけれども、別の見方もできる。歴史は、文字によって記されるものなので、歴史は文字によって誕生すると考えてもよいのだ。もちろん、考古学によって組み立てられる歴史もあるし、文化人類学の方法によって復元される無文字社会の歴史というものもあるが、それは文字によって記された歴史とは別のものである。弥生（やよい）時代の人は、「弥生式土器」という言葉を知らなかったし、縄文（じょうもん）時代の人びとは、自分たちが「縄文人」と呼ばれることなど予想だにできなかったはずである。文字からわかる歴史と、物質からわかる歴史は別物なのであって、これを一連のものとして連続させてはならない。もちろん、文字の発明と浸透以前から、国家も社会も存在していたが、文字を通して把握できる歴史とは異なるものである、と見なくてはならない。

『万葉集』は、八世紀中葉に成立した歌集であり、その時代を生きた人びとの声を伝えるものではあるけれども、それは漢字によって把握できる歌々であることを忘れてはならないだろう。書くのも愚かなことだが、私たちは書かれた歴史や歌しか、読むことができないのである。そして、文字は書かれた、その瞬間から歴史になってゆく。

紀元前後から、日本列島に住む人びとも、漢字を通じて組織される東アジア社会に組み込まれてゆくことになる。朝鮮語を母語とする人びとも、日本語を母語とする人びとも、ベトナム語を母語とする人びとも、西域の諸言語を母語とする人びとも、漢字を通して交流する社会が生まれてきたのである。東アジア漢字文化圏の誕生をどう定義するかは難しいが、規模はともかくとして、日本も中国と同じような国家のシステムを七世紀の後半には持っていた。したがって、遅くとも七世紀後半ともなれば、漢字を通して形成された東アジア社会の一員に、日本もなっていたと考えてよいだろう。ちなみに、律令国家とは、取りも直さず、漢字を通して人を統治するシステムにほかならない。

漢字が歌を変化させた

歌というものは、歌い継ぐものなので、本来、文字を必要としない。歌が耳から口へ、口から耳へと歌い継がれる間は、歌に作者というものも存在しない。それは、歌い手と聞き手のものだ。そこには、「歌い手」と「聞き手」しかいないからである。ところが、歌を書き記すことが一般化すると、「いつ」「どこで」歌ったかということが問題となるとともに、その歌を作ったのは「誰か」ということが問題となってくる（作者が顕在化する）。われわれは、作者と作品という関係で、歌や物語を捉えようとするが、そういった考え方は、文字社会の側から生まれる発想である。古い歌や、古い物語に作者が伝わらないのは、作者がいないのではなくして、そういう考え方が存在しなかった、ないしは、定着していなかったからである。『古事記』にも、『大和物語』『伊勢物語』にも、作者などいない。『万葉集』の古い歌に、作者の混乱が見られるのは、以上述べたことと同じ理由によるのである。

秋の野の　み草刈り葺き　宿れりし　宇治のみやこの　仮廬し思ほゆ

右、山上憶良大夫の類聚歌林に検すに、曰く、「一書に、戊申の年、比良宮に幸せるときの大御歌」といふ。（以下、省略）

（巻一の七）

訳　秋の野の萱を刈って屋根に葺いてね、旅宿りをしたあの宇治のみやこの、仮の庵のことが今も思われます。

右については、山上憶良大夫の類聚歌林を参照してみると、「一書によれば、孝徳天皇四年（六四八）、比良宮に行幸された時の御製歌である」ということだ。（以下、省略）

熟田津に　船乗りせむと　月待てば　潮もかなひぬ　今は漕ぎ出でな

右、山上憶良大夫の類聚歌林に検すに、曰く、「飛鳥岡本宮に天の下治めたまひし天皇の元年己丑、九年丁酉の十二月、己巳の朔の壬午に、天皇・大后、伊予の湯の宮に幸す。（中略）即ち、この歌は天皇の御製なり。ただし額田王の歌は、別に四首あり。

（巻一の八）

訳　熟田津で船出しようとして月の出を待てば……潮も幸い満ちて来たぞ。さぁ漕ぎ出そうではないか——。

右について、山上憶良大夫の類聚歌林を参照してみると、「舒明天皇の九年（六三七）十二月十四日、天皇と皇后は伊予温泉の離宮に行幸された。（中略）すなわち、この歌は天皇の御製歌である。ただし、額田王の歌は別に四首あった。

この二つの歌は、題詞に作者が額田王と記されているけれども、山上憶良が編纂した『類聚歌林』には、時の天皇の歌であると記されていることが左注（歌の後ろに付ける注記）からわかる。『類聚歌林』は、『万葉集』の編纂者が参照した書物で、歌を項目に分けて分類した書物であったと思われるが、今は散逸して存在しない。歌には必ず作者がいるとする考え方に立てば、額田王は時の天皇の代作をしたということになるけれども、実際に歌を作った実作者と、名目上の作者とを分ける考えも、まだなかったのであろう。二つの歌は、明らかに時の天皇の心情を代弁したものであるから、天皇の歌として認識されていたことは間違いないが、一方で実際には額田王が作ったという情報を記した資料も存在していたのである。

つまり、漢字によって、歌を記すことが定着すると、どうしても、作者が必要になってきてしまうのである。こういった議論の枠組みは、そのおおよそにおいて、神野志隆光(こうのしたかみつ)「「個」の抒情(じょじょう)への離陸」(『柿本人麻呂(かきのもとのひとまろ)研究』所収)の議論を踏まえて、筆者なりに考えているところである。

ここで、避けて通れない頭の痛い問題を取り上げねばなるまい。じつは、『万葉集』の半分以上の歌には、作者が記されていないのである。その歌が、「いつ」「どこで」「誰が」ということを記すようになったのは、文字によって歌を記すということが浸透してきてからのことなのである。ところが、文字によって歌を書き留め(とど)、「いつ」「どこで」「誰が」という歌の歴史を書き留めることが広がると、もともと作者のなかった古い歌にも作者がいなくてはならなくなる。そうすると、作者がわからない歌には、「作者未詳」「作主未詳」などという注記が付くようになってゆくのである。すると、ここからもともと作者がなかった歌の作者探しがはじまることになる。そして、やがては、新たに歌の作者が求められてくるのである。

大伴家持は、自分が出席した宴で歌われた歌や、その様子を書き残しているが、宴の場は、文字が浸透した以後も、口から耳、耳から口へと歌い継ぐ文化が残っていたから、作者がない歌、ないしは作者を必要としない歌も、歌われていた（一一〜一二頁）。ありがたいことに、家持は、その宴の様子を書き伝えてくれている。

大伴家持は、その歌日記に、とある宴で聞いたとおぼしき歌を記している。有名な「大君は神にしませば」の歌だ。もともと、五・七・五・七・七の短歌体というものは、上の句を固定して、歌い継いでゆくものなので、天皇を讃える表現「大君は神にしませば」（天皇は神でいらっしゃるので）に下の句を変えつつ歌ってゆくことも多かった、と思われる。

大君は　神にしませば　赤駒の　腹這ふ田居を　都と成しつ　（巻十九の四二六〇）

訳 大君は神でいらっしゃるので、赤駒の腹這う田んぼであっても、都とすることができるのである。

大君は　神にしませば　水鳥の　すだく水沼を　都と成しつ　〈作者未詳なり〉　（巻十九の四二六一）

訳　大君は神でいらっしゃるので、水鳥の集まる沼であっても、都とすることができるのである。

この一首目の歌は、古代の最大の争乱であった壬申の乱（六七二）が終結したのちに、大伴御行が作ったとされる歌である。そして、当該の歌は、一つの型をもとに作られている。上の句の「大君は神にしませば」を固定し、下の句については天皇の威光の大きさを述べる句を個人が考えて、歌い継いでゆくのだろう。ここで注目してほしいことがある。それは、第一首目の歌については、作者を大伴御行と記しているが、第二首目の歌については、作者がいまだわからないと記されていることだ。おそらく、「大君は神にしませば」と誰かが歌うと、別の下の句を付け変えて歌う人が現れたのであろう。そうやって歌は、次々に歌い継いでゆくものと考えてよい。宴で、一人が「大君は神にしませば……」とやれば、次の人も下の句を変えて歌い継いだ、と思われる。

つまり、同じ宴で、上の句を共有しながら歌い継いでゆくのである。そういう経験がある人物が、別の日に、別の宴に出て、今日も天皇を讃えようということになれば、また「大君は神にしませば」と歌い出すはずだ。すると、それに続く人が出てくる。こういう歌い継ぎの場合には、誰が作ったのかということは、あまり問題にはならないはずである。

それに対して、その作者を書き残したいという場合もあるだろう。壬申の乱の戦いで活躍した大伴御行が、その乱に勝利した天武天皇を讃える歌を作ったことは、当時から有名になっていたであろうし、そのことは書き留めて残しておきたいとも思われたことであろう。有名になった御行の歌は、こうして歌い継がれていたようだ。御行が最初にこの歌を歌ったのが、六七二年の壬申の乱の直後であったとすれば、『万葉集』によると、大伴家持が御行の歌を聞いたのは、天平勝宝四年（七五二）であるから、八十年間も歌い継がれたことになる。大伯父（祖父・安麻呂の兄）にあたる御行の歌が、今もって歌い継がれることに感激した大伴家持は、自らの日記にその事実を記したのであった。大伴氏の誉れとして。

しかし、この歌には、さまざまな下の句の歌があり、当然別バージョンもあったのである。その別バージョンには、作者を伝えない歌もあって、二首目の歌には作者名がないのである。実際にこのパターンの歌は多い（上野誠『日本人にとって聖なるものとは何か』）。じつは、万葉歌には、大同小異の歌が多いのである。それは、歌が、本来、歌い継いでゆくものであったからだ。

大伴氏略系図

- 御行
- 安麻呂
  - 旅人
    - **家持**
    - 書持
  - 宿奈麻呂
    - 田村大嬢
    - 坂上大嬢
  - 坂上郎女

作者不記載歌とは

歌が書き留められることによって、作者が生まれるのである。しかし、作者のない歌もたくさんあったと思われる。私は、もともと作者のない歌、作者がわからなくなった歌、なんらかの理由で作者が伝わらなかった歌もあると思うし、その区別も難しいと思うので、「作者未詳歌」ではなく、これらを一括して「作者不記載歌」と呼ぶことにしている。読んで字のごとく作者を記載していない歌という意味だ。

歌を漢字で書き留めるようになると、作者が生まれるということは、すでに述べた。すると、歌を作る側にも、変化が起きはじめる。そして、当然、歌の表現も変化する。なぜならば、自分の歌が書き留められ、その歌の作者として名前が書き留められることを意識するようになるからである。こうなってくると、ほかにはない新しい表現を求めて独自に工夫するようになるし、今の自分の心情を歌に盛り込もうとするようにもなる。つまり、歌が個人の心情を表現する道具になってゆくのである。これは、歌にも大きな変化をもたらすことになる。次に、具体的に、その例を挙げて説明してみたいと思う。

うららかな春の日に

今日は、うららかな春の日であり、ひばりもさえずるのに、どうしても、私の心は晴れればれとしないのだ、という心情を、大伴家持は、

うらうらに　照れる春日に　ひばり上がり　心悲しも　ひとりし思へば
春日遅々に、鶬鶊正に啼く。悽惆の意、歌に非ずしては撥ひ難きのみ。仍りてこの歌を作り、式て締緒を展べたり。ただし、この巻の中に作者の名字を偁はずして、ただ年月所処縁起のみを録せるは、皆大伴宿禰家持が裁作れる歌詞なり。

（巻十九の四二九二）

訳 うららかに照った春の日、その春の日にひばりが舞い上がるのだが……。心は悲しい。一人で思っていると。

今日という日は、春の日、うららかに、うぐいすは今も鳴いている。痛むわが心は、歌でないと紛らわし難いもの。そこでこの歌を作り、鬱屈した気分を散じたのであった。なお、この巻の中で作者名を示さず、ただ、年月・場所・事情だけを記してあるものについては、みな大伴宿禰家持の作った歌である。

と表現している。題詞には「二十五日に作る歌一首」とある。

いつ（天平勝宝五年［七五三］二月二十五日に）
どこで（平城京の家に一人でいると）

誰が（大伴家持が）

ということが、この歌の前後の情報からわかるようになっている。そして、歌に盛り込まれているのは、その時点での大伴家持の心情であり、個人の心情だ。こういった感情を、私は、「一回生起的な感情」と呼んでいる。「いつ」「どこで」「誰が」という限定された個人の心情は、その時だけの感情だからだ。一回だけしか、存在しない感情なのだ。漢字で歌を記すということは、歌の社会的な機能をも、大きく変化させたのである。私たちは、この歌を読むことによって、家持の一回生起的感情に接することができるのである。

歌が文字によって記録されるようになると、歌が作者を持つようになり、その場、その時の心情を盛り込むものになってゆく。すると、それらの歌々を時間軸に沿って並べ、歌によって、歴史を顧みたり、記憶を思い起こすことができるようになる。私が、この章で繰り返し強調してきた「歴史」の誕生である。『万葉集』の巻一と二は、まさしく歌でつづられた七世紀後半から八世紀初頭の歴史と考えてよい。対して、巻十七～二十は、歌でつづられた日記と見てよく、それは大伴家持のアルバムのようなものである。つまり、歌による家持の歴史だ。

歌集の誕生

歌が書き留められるようになると、歌で宮廷などの集団や、個人の心情の歴史を辿ること(たど)が可能となる。そうすると、今度は逆に、歌を集めたいという欲求が生まれてくる。つまり、「歌集」が誕生するのである。最初の歌集は、それぞれの氏の歴史を、その時々に歌われた歌によって書き留めるものとして、出発した。さらには、個人の歌集が生まれてゆくことになる。『万葉集』以前に存在した歌集には、次のようなものがある。

▽「古歌集」と「古集」とが同一のものかは意見が分かれるが、『万葉集』巻二、七、九、十、十一の五巻の資料とされている。古いという名を負っていることを考えれば、平城遷都の七一〇年以前の歌々が集められた歌集と見られていたのであろう。

▽「柿本朝臣人麻呂歌集」(かきのもとのあそみひとまろ)は、巻二、三、七、九、十、十一、十二、十三、十四の九巻の資料となっている。ただし、人麻呂の歌を集めた集なのか、人麻呂が歌を集めた集なのか、さらには単に人麻呂の名が冠されているだけなのか、判断が難しい。

▽「類聚歌林」は、山上憶良が編纂した歌集で、巻一、二、九の三巻の資料となっている。一定の分類指標をもとに、作者や歌ができた事情が記されていたようである。

▽「笠朝臣金村歌集」(かさのあそみかなむら)は、巻二、三、六、九の四巻の資料となっている。おおむね金村自身の歌と見られている。

▽「高橋連虫麻呂歌集」(たかはしのむらじむしまろ)は、巻三、八、九の三巻の資料となっている。おおむね虫麻呂

自身の歌と見られている。

▽「田辺福麻呂歌集」は、巻六、九の二巻の資料となっている。おおむね福麻呂自身の歌と見られている。

▼大伴氏関係資料、大伴家持歌日記。これは、先行歌集として、その名を留めないが、もっとも大きな編纂資料である。

『万葉集』が編纂された八世紀の中葉には、こういった「先行歌集」といわれるものが、すでに点在していたのである（二一八頁）。そういう宮廷の歌集、氏の歌集、個人の歌集を集成し、そこから歌を取捨選択して編纂された歌集が、『万葉集』なのである。今日、先行歌集は、すべて散逸して見ることができないが、大伴家持の歌日記をもとにして編纂された巻十七〜二十を見ると、そういう歌集のありようを垣間見ることができるのである。

歌は記されることによって、個人の心情を表現するものとなり、個人の心情を表現する歌を集めて歴史を振り返る歌集が生まれたのである。

「典論論文」の思想

では、このような漢字との出逢いによる歌の変化は、日本にのみ起こった現象なのだろうか。それは、世界中のどこにおいても起こり得る現象であったと思われる。中国の紀元前九世紀から紀元前七世紀の詩を収める『詩経』の時代の詩から、建安年間（一九六〜二二〇）までの詩も、個人の心情を表現するものというよりは、その時と場で役割を果たす口から耳、耳から口へと歌い継がれる歌であった。中国の詩や歌も、「いつ」「どこで」「誰が」という一回生起的な感情を表現するものではなかったのである。まだ、個人の心情を表現するものではなかったのである。中国において、詩が個人の心情を表現するものになっていったのは、いわゆる建安七子（魏の曹操のもとに集まった七人の文学者）以後のことである。これは、中国社会において、漢字の定着がもたらした現象ということになろう。この文字の普及が、広い地域の人びとを束ねる国家を生み出し、歴史を誕生させ、歌を個人の心情を表現するものに変えたのである。そこから、詩文を書くことこそ、国家を作ることだという思想が生み出されてゆくことになる。魏文帝（曹操の後継者で、一般には曹丕の実名で知られる。一八七〜二二六）の「典論論文」は、まさしくそういった詩文の役割を述べた文章である。

非常に有名な文章なので、少し長いが原文の読み下しを引用しておく（竹田晃『文選（文章篇）下（新釈漢文大系）』）。そのあとに訳文（拙訳）を示そう。

蓋し文章は経国の大業にして、不朽の盛事なり。年寿は時有りて尽き、栄楽は其の身に止まる。二者は必ず至るの常期あり、未だ文章の無窮なるに若かず。是を以て古の作者、身を翰墨に寄せ、意を篇籍に見し、良史の辞を仮らず、飛馳の勢ひに託せずして、声名は自ら後に伝はる。

訳 そもそも、文章を書き、それを残すということは、国を治めるうえで、欠くべからざる重大なる事業なのであって、永久不滅の偉大なる営みといえよう。人の寿命などというものは、しかるべき時がくると尽きてしまうもの――。栄華や快楽も、それは生きている間だけのことである。栄華と快楽の二つは、必ず失われてしまう、しかるべき時というものがあって、これを避けられず、文章が永久であるのに及びもしない。そこで、古来、文章家たちは、文をものすることに身をささげ、書物に自らの思いを表して、優秀な史書編纂官たちの言葉も借りず、また権力者たちの力も頼らずに、その名声がおのずから未来に伝えられてゆくのである。

まるで、文学至上主義宣言のように読める文章である。国造りは、まず文章からはじまるのだ。よき文章こそが、よき国を作るのだという理想を示した文章である。この理想があればこそ、『史記』『漢書』も編纂されるのであり、詩文集も編纂されるのである。また、中国の官吏登用試験である科挙に、作文や作詩があるのも、このためである。『古事記』『日本書紀』『万葉集』が編纂されたエネルギーの根源も、当該の思想にあるといっても、過言ではない。漢文によって作られた帝国は、漢字によって、自らの歴史を語るべきであり、それこそが東アジア漢字文化圏の一員になる重要な資格だったのである。

発展に要する時間の短縮

もちろん、日本は漢字文化の後進地域であった。しかし、後進地域には、後進地域の利点というものもある。先進地域が長い時間をかけて発展していった歴史を、短い期間で体験できるのである。ヨーロッパが経験した産業革命以来の二百年の発展の歴史を、アジア諸国が百年から五十年で経験したのと同じだ。手紙→電信→電話→インターネットの普及に要する時間は、後進地域に普及する方が短くて済んでいる。中国において三千年かけて普及した漢字を五百年で普及させ、七世紀の終わりには、日本の歌も個人の心情を表現するものになっている、といえよう。中国の詩文集である『文選』（六世紀前半成立）を学ぶことによって、漢字を学ぶことのできる貴族層の歌から、歌は個人の心情を表現するものに変わっていったと思われる。『文選』なくして『万葉集』なし、ということができよう（二一八～二一九頁）。

ところが、宴の席では、口から耳、耳から口へという歌々も歌われていた。今日、われわれは、宴で自作の歌を披露することもできるし、その土地に伝わる祝歌を歌うこともできる。自作の歌を披露するのは、「今日の」「結婚式に」「私が」思うことを表すためである。一回生起的な心情を表現するために自作の歌を披露するのである。これに対して、祝宴のたびに同じ祝歌を歌うことだってある。この例を、これまでに述べたことを重ね合わせて考察すれば、わかりやすいだろう。

『万葉集』の翻訳文学的側面

東アジアの漢字文化圏においては、個人の心情を表現した詩を交換することによって交流が図られたので、古代の知識人も、漢詩の学習をした。その学習を通して学んだ表現が、日本語の歌にも影響を及ぼすことになる。したがって、万葉歌には、翻訳語が多く登場する。その典型例が、大伴旅人の讃酒歌(さんしゅか)十三首(巻三の三三八～三五〇)であろう。

この世にし　楽しくあらば　来(こ)む世には　虫に鳥にも　我(われ)はなりなむ　(巻三の三四八)

訳 この世でね、楽しく生きたらね……、あの世では虫になっても鳥になっても、俺はかまわんさ。踊らにゃ損々。

この歌の「この世」は漢語「現世」の翻訳語であるし、「来む世」は漢語「来世」の翻訳語である。このほかにも、讃酒歌十三首には、たくさんの漢語の翻訳語があり、当時としては、アバンギャルドで実験的な歌であったはずだ。ちなみに、今日においても、われわれは、「あの世」に対して「この世」という翻訳語を使っている。対して、翻訳語「来む世」は使っていないけれども、「来世」はそのまま漢語として利用している。
この讃酒歌十三首の内容を理解するためには、少なくとも『世説新語』（五世紀前半成立）という逸話集を読んでおく必要がある。『万葉集』は、現存最古の歌集であるから、歌々は日本的であるという考えは、その一面真理でしかない。もっとも中国詩文の影響が色濃い歌集であるということもできる。一方、万葉歌の表現をのちの時代の歌々も踏襲していったので、その意味では、もっとも日本的といえなくもない。もっとも中国的にして、もっとも日本的な歌集、それが『万葉集』なのである。

東アジア漢字文化圏の辺境、日本

私なりに、『万葉集』の性格の一側面を語れば、それは、東アジア漢字文化圏の辺境の歌集になる。辺境の文学であるがゆえに、貪欲に漢字文化を学んだともいえるし、辺境であるがゆえに、独自に発展したともいえるのである。訓によって漢字を読むところと、漢字の音だけを利用して仮名として使用するところが、一首のうちにあるというのは、日本でしか起こり得ない現象である。一言でいえば、日本人は、正統的な漢字文化の破壊者である。反対に、新しい漢字文化の創造者といえるかもしれない。

しかも、その表記法は、『万葉集』という一つの書物のなかでさえばらばらで、巻ごと、歌ごとによって違うというありさまだ。漢詩を訓み下すように助詞と助動詞で読みを補わなければならないところもあれば、うって変わって漢字の音だけを使って書かれているところもある（いわゆる万葉仮名による全文一字一音表記）。もちろん、それは、漢字の日本化の過程のなかで生じた現象の一つなのだが、融通無碍としか言いようがない。現代に生きる私たちも、じつは、『古事記』『万葉集』などで試みられた、法則性がなく、前後の文脈でしか、その読みが判断できない融通無碍な漢字の使用法を、受け継いでいるのである。

漢字が正しく読めなければ笑われてしまうのは、前後の文脈を把握していないか、文脈を把握するために必要な漢字に対する知識が不足している、と判断されるからである。つまり、漢字が訓めるか訓めないかで、教養が測られてしまうのである。今日の大学入試においても、「国語」試験の一割から二割は、じつに漢字の読みに関わる出題である。日本においては、文章の文脈を摑みながら、漢字の訓みを決定してゆき、その決定を踏まえて次の文の文脈を捉え、そこからまた次の文を読んでゆくしかない。私たちは、そういう訓練を千三百年以上しているのである。この訓練こそが、日本における知識人の言語学習そのものなのであった。なぜならば、漢字を通してしか、新知識を得ることができなかったからである。

情感や思考を、漢字と、漢字からできた仮名で、どう表現するのか。これは、難しい課題だ。日本語と漢字をめぐる千三百年の格闘の上に、今の表記法は存在しているといえるだろう。

以上のような考え方に立つと、全文仮名文字での文章教育や、ローマ字化などは、絶対に成功しない、と自信を持って断言できる。私たちが漢字を抜きに思考できないことを、一つの実験から明らかにしよう。

二ヶ月あまりの航海の末、亜熱帯きこうの基隆（キールン）に、きこうできたのだが、体調を崩してしまった。日本の新聞社には、すでに約束しているきこう文を早く入稿しなくてはならないので、少々焦りを感じはじめた。

われわれは「きこう」という傍線部の音に、「気候」「寄港」「紀行」と漢字をあてはめないと、この文章の意味を摑むことができない。では、どうやって漢字をあてはめるかというと、それは文脈で判断してゆくしかないのである。正しい漢字に直せないということは、文脈を判断できないということなのである。日本語という言語は、漢字を取り入れて発展した言語である。その日本語で、私たちは思考しているわけだから、漢字を排除するということは、思考の範囲を狭めてしまうことにほかならないのだ。

漢文のように表記された歌

これまでの議論を踏まえて、歌と漢字との関係を考えるために、もう一つの実験をしてみたい、と思う。『万葉集』巻十一に次のような歌がある。ご承知の方もおられようが、『万葉集』の歌はすべて漢字で書き記されている。

雷神　小動　雖不零　吾将留　妹留者

（巻十一の二五一四）

この歌を仮に、次のように訓んでおくことにする。

鳴る神の　すこしとよみて　降らずとも　吾(わ)は留(とど)まらむ　妹(いも)し留めば

意味は、「雷が少し鳴って雨が降らなくても、恋人が引き留めるならば私は帰らずにここに留まりましょう」となろうか。ここからが、実験だ。先ほどの原文に、句読点と返り点を打って、これを漢文として読めないわけではない。

雷神、小動、雖レ不レ零、吾将留、妹留者

として、一般的な漢文の書き下し文としてみよう。

雷神、小動して、零らずと雖、吾将に留まらむとす、妹留むれば。

となろうか。つまり、この歌ならば、中国語を母語として、日本語が堪能でない人でも、意味はなんとなく知ることができるはずである。ところが、これを奈良時代の歌として読むためには、奈良時代の日本語の知識が必要となる。

まず、「雷神」だが、これは「ナルカミ」というヤマト言葉があった。日本人は、雷鳴を神が鳴る音だと考えたから、これを「ナルカミ」と訓んだのである。次に、「小動」だが、雷鳴が響く時に一般的に使われるのは「トヨム」という動詞である。現代語の「どよめく」に通じる言葉と考えればわかりやすい。「小」は、当然、少しということであるが、奈良時代なら「スコシ」か「シマシ」と表現するところだろう。「雖不零」の「零」は雨が降ることを意味するが、上に「不」の字があるので、打消しとなる。「雖」は「いへども」で「〜といふけれど」の意味となるが、奈良時代なら「零らずとも」でよいはずだ。「吾将留」は「将に〜むとす」と、中学・高校の漢文の知識で訓むことができる。これは意志を表す表現である。つまり、ここに「将」の字があることで、意志とわかるから、「吾は留まらむ」と奈良時代の歌では表現するのではないか、と推定できる。最後に「妹留者」だが、この「者」は、一つの条件を示すから、「妹が留めるということならば」の意味となるはずだ。「妹」は、古典語では「いもうと」も「恋人」も表せる言葉である。

中国語を母語として、さらに少し文語に通じている人なら、中国語で音読して意味はとれるはずだ。次に、日本語を母語として、漢文を学習している人なら、返り点をつけて、書き下し文にして訓むことができる、と思われる。

では、万葉歌として、どのように訓むべきか、考えてみよう。「雷神」を「ナルカミ」と訓んで助詞の「ノ」を添え、「小動」を「スコシトヨミ」か「シマシトヨミ」と訓んで助詞の「テ」を添える。打消しの「不」があるので「零らない」ということになり、それを逆接となるように訓めばよいはずだ。「将」という漢字が意志を表すことを知っていれば、「吾は将に留まらむとす」とか「吾は留まらむ」と訓むことができるが、奈良時代に「将に〜むとす」が用いられた確かな例はないから、奈良時代の歌なら、「吾は留まらむ」だろう。「妹留者」は「者」が条件を示す漢字だとわかっているから、「妹留むれば」と訓めるが、意を強める副助詞を添えて「妹し留めば」と訓みたいところである。

このようにして、万葉歌の訓みというものは、決定されてゆくものなのだが、こういうことができるのは、じつは歌だからなのである。つまり、短歌なら五・七・五・七・七となるので、五音か七音で訓もうと万葉学徒は工夫するのである。もう一つは、歌の表現の型があるので、なるべく型に合わせて訓んでゆけば、なんとなく訓めるのである。じつは、万葉学徒といえども、なんとなく訓んでいるのである。

漢字文化圏の辺境に生きるということ

しかし、さまざまに考察を重ねても、訓みが定まらない歌もある。「小動」は、「すこしとよみて」でもよいし、「しましとよみて」でもよい。そのどちらかを決定することはできない。また、ほかの訓み方もある。だから、万葉学徒は、さまざまな訓みを提案し、そこからもっとも奈良時代らしい訓み方を、常に探しているのである。われわれ万葉学徒も、漢字と漢文の知識、そして奈良時代の日本語の知識を通して、相応しい訓みを探しているのである(もちろん、お手上げというものもある)。この状況は、奈良時代においても、さして変わりがなかったと思われる。常に読み手が、文脈を意識して、漢字の訓みを決定してゆくということについては、われわれ現代日本人も、万葉びとと同じ悩みを抱え込んで生きているといえよう。これは、漢字文化圏の辺境に生きる人間の宿命である。

最後に、妄言ながら、万葉学徒の一人として、こんなことを言い遺しておきたい。この五十年の産業や生活スタイルの変化を捉えて、「情報革命」と称することが多くなってきた。たしかに、私とて、その速度には驚いている。けれども、それは「革命」としては、たいそう小さなものではないか、と思っている。広くいえば、文字の獲得という革命の大河のなかにあっては、小さな支流の一つでしかない、と思う。もちろん、音声や映像を自由に蓄積できるようになったことによって、われわれの生活は変化しているが、情報の「整理」「蓄積」「流通」「活用」は、文字情報のそれと大差ないのではないか——。

万葉びとの末裔（まつえい）である私たちは、まだ漢字によって結合される国家や地域、社会の中に住んでいるのだ。漢字と悪戦苦闘しながらも。

第二章　宮廷の文学

第一章のまとめ

私は、前章において、次のことを述べた。

①日本語を母語としていた人びとは、漢字を学ぶことによって、東アジア漢字文化圏の一員となった。それは、漢字によって統合された地域の一員になったことを意味する。そして、漢字という文字の導入とともに、「歴史」も誕生したのである。

②『万葉集』という歌集を正しく理解するためには、『万葉集』が東アジア漢字文化圏の辺境の歌集であるということを、まず理解する必要がある。その漢字による表記の方法は、文脈によって訓みを決定するという、きわめて不安定で、まったく法則性のない方法であった。

③漢字によって、歌が記されるようになると、歌は、一回生起的な感情を表現するものとなってゆく。つまり、歌が個人のものとなり、作者が誕生することになったのである。

④そうなると、歌を集めて、一回生起的な感情を残そうとする欲求が生まれる。この欲求が、歌集を生み出す原動力になるのである。

歌が個人の心情を表現するものとなったからこそ、歌を集めて、過去を振り返ることができるようになるのである。

歌によるアルバム

じつは、『万葉集』の巻一と二は、歌を並べることによって、宮廷の歴史を振り返る歌集なのである。そこで、巻一の前半部、雄略（ゆうりゃく）天皇から天武（てんむ）天皇の時代までを見ておこう（三三頁の系図を参照）。最初に掲げている算用数字は、『万葉集』四五一六首に付けられた歌の背番号ともいうべき国歌大観（こっかたいかん）番号である。万葉歌の整理番号と考えてよい。巻一と二は、年代順に歌々が並べられており、その歌は天皇の時代ごとにまとめられている。私は、歌によって作られたアルバムのごときものだと考えている。そのアルバムを開いてみよう。

●雄略天皇の時代（四五六〜四七九）

1　雄略天皇が、若菜摘みをして乙女たちに結婚を申し込んだ歌。

●舒明天皇の時代（六二九～六四一）

2　舒明天皇が、香具山に登って国見をした歌。

3　舒明天皇は、宇智の野で狩をした。その時に中皇命が間人連老に奉らせた歌（～4）。

5　舒明天皇は、讃岐国の安益郡に行幸した。その時に、軍王が、山を見て作った歌（～6）。

●皇極天皇の時代（六四二～六四五）

7　皇極天皇は、近江に行幸した。その時に、額田王が付き従って作った歌。

●斉明天皇（皇極天皇重祚）の時代（六五五～六六一）

8　斉明天皇は、筑紫に行幸する途中、熟田津に寄港した。その時に、額田王が作った歌。

9　斉明天皇は、紀の温泉に行幸した。その時に、額田王が作った歌。

10　中皇命が、紀の温泉に行く時に作った歌（～12）。

13　中大兄皇子が作った、大和三山の歌（～15）。

●天智天皇の時代（六六一～六七一）

16　近江大津宮で宴が開かれた。その時に、額田王が作った歌。

17　額田王が、近江国に下向する時に作った歌。その歌に、井戸王が和した歌（～19）。

20　天智天皇は、蒲生野で狩をした。その時に、額田王が作った歌。その歌に皇太子が答えた歌（～21）。

●天武天皇の時代（六七二～六八六）

22　十市皇女は、伊勢神宮に行く時に、波多の横山の巌を見た。その時に、吹芡刀自が作った歌。

23　麻績王は、伊勢国の伊良虞の島に流された。その時に、人びとが悲しんで作った歌。麻績王が、その歌を聞いて、悲しんで和した歌（～24）。

25　天武天皇が、吉野に行幸して作った歌（～26）。

27　天武天皇が、吉野宮に行幸し、その時に作った歌。

では、このアルバムからどんなことがわかるだろうか。次の二つのことがわかるのである。

Ⅰ　そのすべてが、天皇と皇族に関わる歌々であること。

Ⅱ　その内容は、天皇や皇族に関わる宮廷行事や、旅に関わる歌であること。

まず、Ⅰを中心に見てゆこう。このアルバムの主たる関心は、いつの時代の天皇が、どこでどんなことをしたか。その時に、どんな感情を持ったか、という点にしかない。つまり、

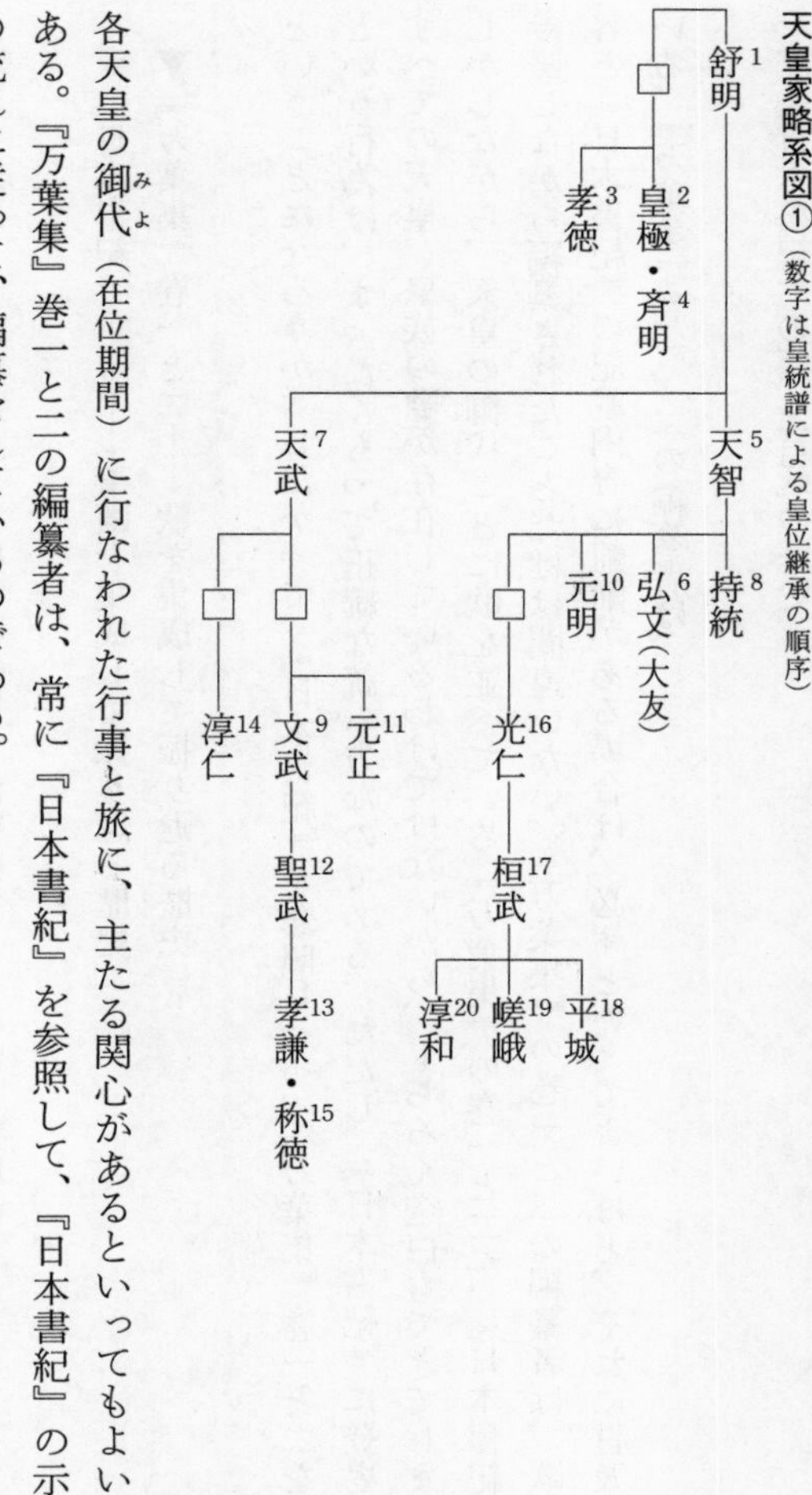

各天皇の御代（在位期間）に行なわれた行事と旅に、主たる関心があるといってもよいのである。『万葉集』巻一と二の編纂者は、常に『日本書紀』を参照して、『日本書紀』の示す時の流れに従って、編纂をしているのである。

歌に語らせる宮廷の歴史

『古事記』や『日本書紀』にとっていちばん大切な事柄は、「帝紀」を後世に残すことであった。帝紀とは、皇帝や天皇の言行録ともいうべきものであり、皇帝や天皇が、いつ、どこで、何をしたか、ということの記録である。『日本書紀』が、天皇と皇族の事蹟（じせき）を集めた歴史書といえるなら、『万葉集』巻一と二は、歌によって振り返る歴史書といえるだろう。ただし、それは、天皇、皇族と宮廷を中心とした歴史でしかない。整理すると、

▽『日本書紀』→事蹟を集成して振り返る歴史
▼『万葉集』巻一と二→歌を集成して振り返る歴史

ということになろうか。したがって、『日本書紀』を参照しつつ、『万葉集』巻一と二を読むという行為は、まったくもって正統な読み方なのである。ただし、『日本書紀』に登場するすべての天皇、皇族の歌が存在しているわけではないから、もちろん空白もできてしまう。しかしながら、天皇の御代ごとに歌を並べている『万葉集』の巻一と二が、『日本書紀』を参照しながら編纂されたことだけは間違いない。『万葉集』の巻一と二の編纂者は、歌の内容と『日本書紀』の記載内容に齟齬（そご）がある場合は、必ずといってよいほど、それに言及している。『万葉集』巻一、二の編纂者は、

▽『日本書紀』の語る宮廷の歴史

▼歌に語らせる宮廷の歴史

を一致させようと細心の注意を払っているのである。1〜27まで、『日本書紀』を参照しているところを挙げてみると、

5、7、13、17、20、22、23、27

にも及ぶ。巻一と二の編纂者は、

i 宮廷に残っている歌に関わる諸資料の内容
ii 『日本書紀』の記述
iii 山上憶良編纂『類聚歌林』の内容

の三つを常に対照検討して、i ii iiiに食い違いがある場合には、左注において必ずその旨を記している。そのうえで、その食い違いに対する所見を一首一首の歌について、はっきりと述べている。『万葉集』巻一の編纂者が、ことに神経を尖らせて『日本書紀』を参照しているところは、柿本人麻呂の吉野行幸従駕歌のところである（巻一の三九、左注）。いつの行

幸の歌であるのか、なんとかして調べたのだが特定できなかったと、左注に記している。それは、『日本書紀』を通して、どの行幸の時の歌であったか、どうしても確定しておきたかったからであろう。このように、『万葉集』の編纂者は、『日本書紀』の語る歴史と、歌に語らせる歴史とを一致させようと常に努力していたのである。つまり、一つの「歴史志向」である。この考え方は、主として巻一と二に強く表れているが、他の巻々にも通底している思想である。

宮廷行事と宮廷文学

次にⅡの内容について、具体的に見てみよう。その内容を仮に「若菜摘み」「国見」「狩」「天皇、皇族の旅」「宴」に分けてみると、

若菜摘み……1
国見……2
狩……3・20
天皇、皇族の旅……5・7・8・9・10・17・22・23・25・26・27
宴……16

というようになる。私が歌による「アルバム」だといった意味は、まさしくここにあるのだ。私は、歌が歌われた時代に生きた人びとが、巻一と二を見たら、あの時の狩は楽しかったねぇとか、あの時の旅は苦しかったねぇとか懐古しながら、これらの歌々を読んだことだと思う。対して、その子孫たちが読んだ場合には、この時代の天皇は、こんなところにも旅をしたんだぁ。昔の人は、こうやって、狩や宴を楽しんだんだぁ、なるほどねぇ、と祖先が生きていた時代に思いを馳せながら読んだことであろう。

これが、巻一の「雑歌」の世界である。諸説あるが、雑歌とは宮廷の大切な行事や旅に関わる歌々の分類であると考えてよい。対して、巻二には「相聞」と「挽歌」に分類された歌々が収められている。「相聞」は、主として恋人との往来や友人との往来に関わる歌々であるが、恋歌と考えておけばよい。「挽歌」は、死に関わる歌々である。巻二をアルバムとして紐解いた人びとは、あの時の恋の真相はこうだったんだぁとか、あの皇族が亡くなった時は悲しかったねとか、往時を懐かしみながら読んだと思われる。また、その子孫たちは、おじいちゃんとおばあちゃんは、こうやって結ばれたんだぁとか、昔のお葬式はこんなにも荘厳だったんだぁとか思いながら読んだに違いない。歌集というものは、本来そういう役割を果たすものだったのである。

『万葉集』のはじまりの歌と「若菜摘み」

そこで、1～27の「若菜摘み」「国見」「狩」「旅」「宴」をそれぞれ眺めてみよう。まずは、巻頭の「若菜摘み」から、見てみよう。

籠もよ　み籠持ち　ふくしもよ　みぶくし持ち　この岡に　菜摘ます児　家告らせ　名告らさね　そらみつ　大和の国は　おしなべて　我こそ居れ　しきなべて　我こそいませ　我こそば　告らめ　家をも名をも

（巻一の一）

訳　籠も、まぁまぁ立派な籠を持ってね、掘串も、まぁまぁ立派な掘串を持ってね、この丘で若菜を摘んでいらっしゃる娘さん方……。家をおっしゃいな、名前をおっしゃいな。この大和の国はね、——すべての上に私が君臨しているのだよ、——すみずみまで私が治めているのだよ。だからね、私の方からまず名告ろう。家のこともね、名前のこともね。

雄略天皇といえば、五世紀後半の天皇であり、『万葉集』が編纂された八世紀中葉の人びとから見れば、三百年も前の天皇ということになる。さすれば、奈良時代においてもうすでに伝説の天皇といってよい。しかも、さまざまな逸話を持つ天皇であり、『古事記』『日本書紀』を読むと、剛腕かつ非情なイメージもあり、また「好色」のイメージもつきまとう天皇である。ただし、古代社会においては、「好色」は帝王に求められる大切な徳目であったことを忘れてはならない。帝王は多くの女性を愛し、多くの女性から愛されることが求められていた。それには、二つの理由があった。一つ目の理由は、帝王は有力な豪族や貴族の娘と婚姻関係を結ぶことによって、権力バランスを取り、政権を安定させていたからである。もう一つの理由は、優秀な子孫を残すことが求められていたからである。今日の常識では、はなはだ考え難いことであるけれども、多くの妻を持てば、たくさんの子が生まれ、そのなかから英明な後継者が生まれる可能性が高くなるからである。

その雄略天皇が、丘で若菜を摘む娘たちに結婚を申し込む歌から『万葉集』ははじまるのである。若菜摘みは新春の行事で、摘んだ若菜は、当然、その場で煮て食べるのである。つまり、野で行なわれる春のピクニックと考えてよいのだが、それは、大切な宮廷の行事なのであった。なぜならば、天皇が若菜を食べることと、娘たちに結婚を申し込むことは、古代社会における天皇の大切な役割であったからだ。

雄略天皇の巻頭歌をどう位置づけるか

古代の言葉で、食べることを「くふ」というが、この「くふ」という動詞を敬意ある言い方に代えると「をす」となる。天皇はその土地の食物を食することで、その土地を治めていることを表象したので、天皇が治めている地域を歌言葉で「をす国」といった。新春に、天皇が民の若菜摘みに行幸することは、大切な天皇の仕事だったのである。そして、若菜摘みの場で、若菜を摘んでいるすべての娘たちに結婚を申し込むことになっていた。もちろん、すべての娘たちと結婚ができるはずもない。だから、それは儀礼的に、結婚を申し込むのである。その結婚を申し込む歌こそが、『万葉集』開巻第一の歌なのだ。「籠もよい籠、へらもよいへらを持って、この丘で若菜を摘んでいるお嬢さん方よ、家をおっしゃい、名前をおっしゃい」と天皇は娘たちに呼びかける。ところが、なぜか娘たちは答えない。そこで天皇は、では自分から名告ろうではないか、と言って、この歌は終わる。

古代社会において、家と名前を聞くことは、結婚の申し込みを意味していた。この結婚の申し込みは、儀礼的なものであったから、娘たちは答えなくてもよいのである。こうして、天皇と民とは、若菜摘みの場でコミュニケーションを図ったのである。その結婚の申し込みが歌でなされているところが、おもしろい。

雄略天皇と舒明天皇とでは、その在位期間が二百年もかけ離れており、雄略天皇から舒明天皇までの間の歌は、きわめて少ない。さすれば、雄略天皇の御製(おおみうた)歌は、権威づけのためにここに置かれた、と多くの万葉学徒は考えている。したがって、一番歌は、雄略天皇の御製歌として伝わっていた歌、ないしは雄略天皇の歌としてここに据(す)えられた歌と見てよいだろう。

「国見」と「国見歌」の世界

かつての歴史学は、戦前の皇国史観への反省から、マルキシズムに傾斜していた。天皇と民との関係も、権力と支配との関係ばかりを研究していた。けれども、それらはことごとくに失敗に帰した、と思う。実際の歴史というものは、それほど単純なものではない。権力を構成するものは、時に衣服だったり、儀礼だったりして、じつに複雑多様なものなのである。食べること、見ること、歌うこと、そういうさまざまな絆で、天皇と民、民と民は結ばれ、かつ社会は統合されていたのであって、権力構造だけで分析してみても、うまくゆくはずがないのである。

食べることと並んで、見ることも天皇の大切な仕事であった。次に、「国見」について考えてみよう。高いところに登って、国の姿を見ることも、大切な儀式であった。香具山に登った舒明天皇は、「大和にはたくさんの山があるけれど、この香具山に登り立って、国見をすると、国原からは煙が見え、海原からは鷗が飛び立つのが見える。立派な国だ。（秋津島）大和の国は――」と歌ったのである。

大和には　群山あれど　とりよろふ　天の香具山　登り立ち　国見をすれば　国原は

煙立ち立つ　海原は　かまめ立ち立つ　うまし国そ　あきづ島　大和の国は

（巻一の二）

天皇が見たと歌ったのは、いったい何なのだろうか。煙が立つということは、家々で食事の準備がなされているということであろう。香具山に登っても、海は見えない。鷗は豊漁の象徴である。鷗が群がるところには魚が群れているので、鷗は豊かな漁を象徴するのである。私自身の体験でいえば、海水の温度差や潮の関係で大量の小魚が浜に打ち上げられるのを見たことがある。当然、住民は籠を持って浜辺に行くのだが、そこには、大挙して鷗たちがやって来ていた。五十年前の福岡市中央区伊崎の思い出の景である。つまり、見えたと歌った景は、あるがままの国土の景ではないのである。それは、あるべき国土の姿であるといえよう。あるべき国土の姿とは、豊作の平野と、豊漁の海で象徴されたのである。この歌で大切なことは、天皇が、豊かな稔りの景が見えたぞと歌うことなのである。つまり、『万葉集』の二番目の歌は、天皇が「国原」と「海原」を讃めて、そこに住む民たちの未来を祝福した歌なのだ。

宮廷行事の「狩」

次に、「狩」について考えてみよう。私たちは、「狩」といえば、山菜や獣を捕獲する生業の「狩」をイメージしてしまうが、宮廷行事の狩は、広くいえば野外での遊びである。天皇や皇族をはじめとした人びとと、宮仕えする人びとが、大移動を行ない、男たちは、主催者である天皇や皇族の命令のもとに、統率されて獣狩を行なうが、女たちは薬草や山菜の狩を行なう。そして、夜には宴が開かれるのである。もちろん、獣を獲ることも、薬草や山菜を採ることも大切であるが、狩という行事を通して、人と人とのコミュニケーションを図る行事であったと考えた方がよいであろう。したがって、大掛かりな狩ともなれば、宮廷がそのまま荒野に移動するようなものであったはずだ。だから、狩は、天皇の力を可視化することにつながるのである。

次の歌には「舒明天皇が宇智の野で狩をした時に、中皇命が間人連老に奉らせた歌」といった意味の題詞がある。

やすみしし　我が大君の　朝には　取り撫でたまひ　夕には　い寄り立たしし　みとらしの　梓の弓の　中弭の　音すなり　朝狩に　今立たすらし　夕狩に　今立たすらし　みとらしの　梓の弓の　中弭の　音すなり

（巻一の三）

訳　（やすみしし）わが大君が、朝には手に取って撫でられ、夕べにはそのそばに寄り立っていらした、ご愛用の梓の弓。その弓の金具の音が聞こえてくる……。朝狩にまさに今お発ちになるらしい。夕狩にまさに今お発ちになるらしい。ご愛用の梓の弓の金具の音が聞こえてくる……。

長歌の直後には次のような反歌が添えられている。反歌とは、長歌の要約や補足をするものである。

たまきはる　宇智の大野に　馬並めて　朝踏ますらむ　その草深野

（巻一の四）

訳（たまきはる）宇智の大野に今ごろ馬を並べて、朝の野を踏ませておいでのはずだ。あの草深野に。

「中皇命」については諸説があり、個人を特定することは難しいが、ここでは高位の皇族に対する呼称の一つとだけ説明して、先を急ごう。その中皇命が、間人連老という人物を介して天皇に献上させた歌なのである。この歌で大切なことは、舒明天皇が愛用していた弓の音を聞いて、狩への出発ないしは狩のはじまりの時を知った、ということである。「中弭の音」をどう解釈するかは難しいが、鳴弦時に音を出す金具の音だと考えてよいだろう。おそらく、当時の狩にあっては、狩がはじまるにあたり、鳴弦が行なわれたのであろう。弓の弦を鳴らすことは、狩のはじまりの合図ともなり、さらにはこれからはじまる狩の成功をあらかじめ祝福する儀礼であった、と思われる（予祝儀礼）。

宇智の野の狩

この歌は、間人連老なる人物を通して、中皇命が天皇に献上した歌である。しかし、中皇命も間人連老も、実際の獣狩に参加したわけではない。では、どのように狩に関わっていたのか。その可能性は二つある。一つ目の可能性は狩に行かず、宮殿から狩に行くのを見送った可能性。もう一つの可能性は、狩に同行しても、弓を用いる獣狩ではなく、薬狩や山菜採りの方に参加した可能性である。そのどちらかであろう。

では、この長歌と反歌の主眼はどこにあるのだろうか。それは、「自分とその仲間たちは、狩のはじまりをあの鳴弦で知りました。そして、宇智の野（奈良県五條市）に、馬を並べる雄壮な姿を思い起こしましたよ」ということを天皇に言上する点にあるのである。馬を並べるということは、それだけの軍事力や経済力を持っているということである。

同じ鳴弦でも→天皇の弓の霊妙な鳴弦
同じ馬でも→多くの馬が並ぶ雄壮な姿
同じ野でも→広大で草深い宇智の大野

の狩だと強調しているのである。つまり、長歌と反歌は、いかにこの狩がすばらしいものであったか、ということを褒め讃えているのである。すばらしい狩を行なうことができるのは、その狩の主催者の力が偉大であるからだ。「すばらしい狩が、まさしく今はじまろうとしている。かの狩の様子など、見なくても、その鳴弦でわかる。見なくても、思い浮かべることができる」と歌っているのである。「見れば、それは雄壮ですばらしいものに決まっているさ。でも、見なくたって、そのすばらしさは、鳴弦を聞いただけでわかるぞ」と言いたいのであろう。こういった表現は、万葉歌の称讃方法の一つである。見るまでもなくその成功は明らかだという論法で、狩の成功を予祝しているといってよいだろう。

「あかねさす　紫草野行き　標野行き」

狩には必ず宴がともなうことについては、すでに述べたが、有名な次の歌も、狩にまつわる歌である。それぞれ「天皇が蒲生野で狩をした時に、額田王が作った歌」「皇太子が答えた御歌」と訳すべき題詞がある。天皇とは天智天皇、皇太子とはのちの天武天皇のことである。

あかねさす　紫草野行き　標野行き　野守は見ずや　君が袖振る

訳（あかねさす）紫草野を行き、標野を行ったり来たりする、野守が見ているじゃありませんか……、あなたさまが袖をお振りになるのを――（困った人ですね。私は人妻なんですから）。

（巻一の二〇）

紫草の　にほへる妹を　憎くあらば　人妻故に　我恋ひめやも

（巻一の二一）

訳紫草のように照り輝くそなたを憎いと思ったら……人妻と知りながら恋などしませんよ（だから、袖を振ったのです）。

なお、これらの歌の左注を現代語訳して掲げれば次のようになろう。

日本書紀を参照すると、「天智天皇の七年（六六八）五月五日に、天皇は蒲生野で狩を催された。この時、皇太弟〔大海人皇子〕・諸皇族・内臣〔藤原鎌足〕および群臣がことごとくお供した」と書いてある。

十市皇女（？～六七八）という子をなしているとはいえ、すでに天智天皇の妻の一人となっている額田王に、時の皇太弟が袖を振って恋心を伝えるなどということは、普通ならばあり得ないことである。袖を振るという行為は、宮廷社会においては、親愛の情を示す行為であったが、上位者の妻に袖を振れば、あらぬ誤解を招くので、宮廷人ならば避けるべき行為であった、と推定される。しかし、宴の席であるならば、そういう歌のやりとりも、許されたのであろう。

基本的に、宮廷に仕える女性は、すべからく天皇の子を宿す可能性がある。だから、宮廷内における恋愛はタブーなのであった(それは、天皇に対する一種の反逆行為にあたるので、最悪の場合、死罪が待っていた)。だから、大海人皇子が袖を振る行為が問題となったのである。野守は、野の番人であるところから、表現世界において男女の仲をも見張る番人として、歌の中に登場しているのであろう。

が、しかし。そういうタブーがあればこそ、むしろ、宴の歌としては宴を盛り上げる歌となるのである。こういった解釈に先鞭(せんべん)をつけたのは、山本健吉(やまもとけんきち)・池田彌三郎(いけだやさぶろう)『萬葉百歌』であるが、今日ではなかば通説となっている。この二首が、相聞の部に入っていないのは、狩の場における宴の歌と認識されていたからなのである。

行幸と歌と

次に、「天皇、皇族の旅」の歌について見てみよう。一般に天皇の旅を「行幸(ぎょうこう)」といい、皇后、皇太子の旅を「行啓（ぎょうけい）」という。行幸とは、天皇が自らの居所である宮殿から外に出ることである。天皇が宮殿の中にいる限り、多くの人びとがその存在を実感することはない。つまり、その姿が、可視化されないのである。では、天皇が宮殿の外に出たからといって、その姿を多くの人びとが見ることができるかといえば、そんなこともあるまい。見ることのできるのは、多くの場合、付き従う人びとの長大な行列だけである。しかし、たとえ行列であっても、われわれは、その存在というものを認識し、心に刻むことができる。だとすれば、行幸においては、宮殿から移動していることを人びとに見せることこそが大切だったのである。

なおかつ、行幸というものは、狩と同じく、宮廷に仕える多くの人びとの移動をともなうものであるから、宮廷社会においては、一大行事であった。天皇が「いつ」「どこに」「何のために」行幸するのか、またしたのかということは、宮廷社会に生きる人びとにとって、重大な関心事だったのである。『古事記』『日本書紀』が詳細に行幸について伝えようとするのも、それがためである。

7と8の歌は六〜七頁に引用してあるので、その歌の解説をここでしておこう。

7の歌は、『類聚歌林』の伝えが正しければ、皇極天皇（在位六四二〜六四五）の御製歌ということになる。この歌は、かつて行なわれた行幸を懐古した歌である。おそらく、旅先の仮の宮となった建物が草葺（くさぶ）きだったのであろう。こういった歌ができるということは、飛鳥の都では草葺きが少なくなっており、萱葺(かやぶ)き、板葺き、瓦葺(かわらぶ)きの建物が多く、刈ってきた草をそのまま屋根材とすることはほとんどなくなっていたことを意味する。だからこそ、それは珍しくもあり、旅情をさそうものであった、と思われるのである。

8の歌は、額田王の代表歌というべき歌である。斉明天皇（皇極天皇重祚。在位六五五〜六六一）は、新羅(しらぎ)と戦う百済(くだら)を救援すべく、出兵を決意する。おそらく、瀬戸内海を西下しつつ、少しずつ船団を組織していったと見られる。月を待てば、潮もよいとは、幸先(さいさき)が良いことを表象するのであろう。良いことが一つあった。よかった。もう一つ良いことが重なった。次は、さらにさらに、良いことが起こるはずだ――という気持ちを込めた表現なのである。こういった表現がなされているのは、その心の奥底に、海の安全や戦勝を願う気持ちが横たわっているからにほかならない。天皇は、こういう歌によって、船団の人びとの心を一つにしたのである。

さらに続けて、巻一の構成を見てゆくのだが、巻一は柿本人麻呂歌を中心に編纂されているので、27までの歌からは外れるが、ここで、柿本人麻呂について説明しておこう。

柿本人麻呂の登場

行幸歌、とりわけ行幸に付き従った者の歌として、長大なものは、柿本人麻呂の吉野行幸従駕歌である。本書では、その第二長歌と第二長歌につけられた短歌について、解説を試みたい。

柿本人麻呂が活動した時代は、持統（じとう）天皇と文武（もんむ）天皇の在位期間（六八六〜七〇七）とほぼ重なる。持統朝の歌々の多くは、宮廷の大切な行事や、行幸に関わる長大な長歌が多く、さらには、挽歌においても、日並皇子（ひなみしのみこ）（草壁皇子（くさかべのみこ））挽歌（巻二の一六七〜一七〇）や高市皇子（たけちのみこ）挽歌（巻二の一九九〜二〇二）など、持統朝の宮廷においてほぼ最高位の地位を有していた天武天皇の皇子たちの死に際して挽歌を作っていることから、柿本人麻呂は「宮廷歌人」と呼ばれることが多い。「宮廷歌人」とは、その活動の中心が宮廷にある歌人という意味である。しかし、宮廷歌人は、その歌を作る能力によって、宮廷内で活躍しているのであって、宮廷内において、彼らが高い地位を有していたわけではない。では、柿本人麻呂とは、いったいどういう人物なのだろうか。簡潔に要約すると、

- 持統朝において、歌を作るということについて高い能力を有しているとの評価があって、
- その高い評価によって、宮廷に関わる重要な行事歌や挽歌を作って披露する機会を与えられ、
- その高い評価は、『万葉集』が編纂された時代においても続いていた人物。

ということになる。後代、柿本人麻呂は「歌聖（かせい）」と呼ばれることになるが、彼は彼が生きて

いた同時代においても、高い評価を勝ち得ていたのである（一九一頁）。
多くの万葉学徒は、重要な宮廷行事に関わる歌は、公的性格が強いとして、宮廷内において公的な歌を独占的に歌う機会が与えられていた、と想定している。これが、著名な「柿本人麻呂宮廷歌人論」である。

山川の神を支配する天皇

その柿本人麻呂の歌のなかでも、本書で取り上げるのが、「吉野讃歌」の第二作品である。

やすみしし　我が大君　神ながら　神さびせすと　吉野川　激つ河内に　高殿を　高知りまして　登り立ち　国見をせせば　たたなはる　青垣山　やまつみの　奉る御調と　春へには　花かざし持ち　秋立てば　黄葉かざせり〈一に云ふ、「もみち葉かざし」〉　行き沿ふ　川の神も　大御食に　仕へ奉ると　上つ瀬に　鵜川を立ち　下つ瀬に　小網刺し渡す　山川も　依りて仕ふる　神の御代かも

反歌

山川も　依りて仕ふる　神ながら　激つ河内に　船出せすかも

（巻一の三八、三九）

訳（やすみしし）わが大君、その大君が神であられるままに、神として吉野川の渦巻

く激流の河内に、高殿を高々とお建てになり、その高殿に登り立って国見をなさると、幾重にも幾重にも重なった青垣山。かの青垣山の山の神が奉る貢ぎ物とて、春には頂に花をかざして、秋にはもみじ葉をかざすのだ〈また別の資料では「もみじ葉かざし」〉。宮殿に沿って流れる川の神までも、天皇のお食事に奉仕しようと、上の瀬では鵜川狩をし……、下の瀬では小網を張って漁をする……。山川の神までも、天皇に寄り添ってお仕え申し上げる神代である（今は）――。

反歌

山川も心を寄せてお仕え申し上げる、神たる天皇。だから天皇は激流の河内に船出をすることができるのだ（まさに、今……）。

「やすみしし　わが大君」すなわち持統天皇は、神である。その神たる天皇が神であるがままに振る舞う場所、それが吉野川だ、と人麻呂は歌いはじめる。では、なぜ神なのか。こんな激流の河内に高殿を作ったからだと人麻呂はいう。ここでいう高殿とは、離宮の楼閣のことで、近年、発掘の進む奈良県吉野町の宮滝遺跡のことである。その激流のなかの高殿に、天皇が立って国見をすると、まわりの山々の神は、神たる天皇に奉仕すべく、春は花を咲かせ、秋には紅葉を色づかせるというのである。一方、山の神に対して川の神はどうかというと、上流では鵜を使って魚を獲り、下流では小網を使って魚を獲って、天皇の食卓に献上するというのである。そういう景色こそが、そのまま「神の御代」だ、と人麻呂は歌っているのである。つまり、この歌における「神代」は、今見る、この吉野の景色にほかならないのである。

反歌では、山の神も川の神も心を寄せて仕え奉る、尊き神である天皇。だから、こんな激流にも船出ができるのだ。人間ならばそんなことはできるはずもない、と讃えているのである。以上が、人麻呂の、吉野行幸従駕歌第二作品長歌と反歌のあらましである。この長歌と反歌においては、山の神と川の神は、天皇への奉仕者にほかならない。天皇の方が、山の神と川の神を支配しているのである。単純化すると、こうなる。

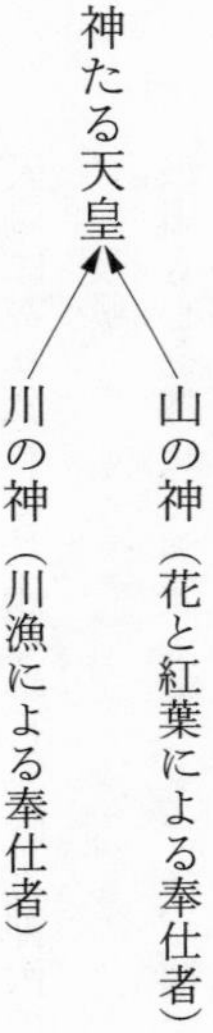

神たる天皇 ← 山の神（花と紅葉による奉仕者）
神たる天皇 ← 川の神（川漁による奉仕者）

当該歌を、万葉学徒は、一般に「吉野讃歌」と称するが、それは取りも直さず天皇讃歌であるということができる。こういった事例をもって、天皇はもともと神であったのだとする主張が、戦前の一時期になされていた。しかし、それは誤りである。天皇は人間であり、人間のなかにある神性（神としての性格）が強調されるからこそ、こういった表現が成り立っているのである。この点については、別著で述べたところであり、繰り返さない（上野誠『日本人にとって聖なるものとは何か』）。

額田王の宴歌

最後に、宮廷における「宴」についても言及しておく。宴の場は、宮廷社会においては、きわめて重要な場であった。それは、宴によってコミュニケーションを図るとともに、また宮廷内における秩序を確認する場でもあった。宮廷の宴においては、時として参会者に詩や歌の披露、提出が求められることがある。さらには、その宴に際して「題」が出ることもある。つまり、全員が一つの題によって詩や歌を作り、楽しむのである。天皇が、宴の主催者である場合には、天皇の命令である「詔（みことのり）」によって題が出される場合もある。題が出た場合は、当然、詩や歌の妙を競い合うことになる。

16の題詞にわざわざ「歌を以（もち）て」と記されているのは、宴の参会者に本来求められていたのは漢詩であったからである。なぜ、漢詩でなく、額田王が歌を献じたかについては、今となっては知るよしもない。一つの推定としては、次のことが考えられる。額田王の歌については、当時の宮廷においても高い評価があり、別格扱いだったのではないか。

天皇、内大臣藤原朝臣（ふぢはらのあそみ）に詔（みことのり）して、春山万花（しゅんざんばんくわ）の艶（えん）と秋山千葉（しうさんせんえふ）の彩（いろ）とを競（きほ）ひ憐（あは）れび

しめたまふ時に、額田王、歌を以て判る歌

冬ごもり　春さり来れば　鳴かざりし　鳥も来鳴きぬ　咲かざりし　花も咲けれど　山をしみ　入りても取らず　草深み　取りても見ず　秋山の　木の葉を見ては　黄葉をば　取りてそしのふ　青きをば　置きてそ嘆く　そこし恨めし　秋山そ我は

（巻一の一六）

訳 天智天皇が内大臣藤原朝臣〔鎌足〕に、春山に咲き乱れる色とりどりの花のあでやかさと、秋山を彩るさまざまな木の葉の美しさの、いったいどちらの方が趣深いかとご下問があった時に、額田王が歌をもって判定をなした歌

（冬ごもり）春がやって来ますと、鳴いていなかった鳥もやって来て鳴きますよね。咲いていなかった花も咲いてゆくのですけれど、山が茂っていますので分け入って取ることはかないませぬ。草が深いので手に取って見ることもかないませぬ。秋山の木の葉を見ますと、色づいた葉っぱを手に取って私は賞でますのよ。でも青い葉っぱは手に取らずそのままにして嘆きますの……。その点だけが残念でございますわ。なんといっても秋山の方が良いと思いますわ、ワ・タ・ク・シは――。

その宴にいた人びとは、「春山万花」がよいか、「秋山千葉」がよいかということで、漢詩を作ろうとしていたのだから、その全員が、額田王の歌に注目したはずである。そのことを

十分承知のうえで、額田王は、わざと気をもませるように歌い出すのである。額田王は、まるで自分は春山派のように歌い出す。ところが、突然、春の欠点を述べはじめ、あれよあれよという間に、じつは私は秋山派でしたのよ、と最後にさらりと、ちゃっかり宣言してしまうのである。

重要なことは、その理由が、たわいもない理由となっているところにある、と思う。花もよいが、春は草深いので、花を手に取るまでに木に近づけない。それに対して、紅葉なら手に取ることができるから、まぁ、よいというのが、額田王の主張だ。しかし、このたわいもなさに、宮廷人としての額田王の深慮遠謀があるのではないか、と私は思う。理由がたわいもないことであるならば、春山派も傷つかないのである。「春の山も、秋の山も、どちらもけっこうでございますが、たわいもない理由ながら、わたくし額田王めは、秋山派なのでございますよ。ごめんあそばせ」という呼吸なのである。

この歌の表現に、われわれは、生き馬の目を抜く権謀術数の宮廷社会を生き抜いた女の知恵を読み取るべきなのである。「どちらさまも、あしからず。ごめんあそばせ」というスタンスが、宮廷社会を生き抜くためには必要なのである。時と場に応じて求められているものを、瞬時に見抜く能力が、宮廷生活では、常に求められていたのである。

第三章　律令官人の文学

第二章のまとめ

私は、前章において、次のことを述べた。

①『万葉集』の巻一と巻二は、基本的には、歌によって宮廷の歴史を振り返る歌集と考えてよい。

②その際、巻一と巻二の編纂者は『日本書紀』を参照して、『日本書紀』が示す歴史の流れに沿って、歌を並べている。それは、『日本書紀』が、宮廷社会における歴史認識の指標となる書物だったからである。

③前章では、巻一の一番歌から二七番歌、すなわち雄略朝から天武朝を中心に解説をしたが、そのすべてが天皇と皇族に関わるものであり、その内容は宮廷の大切な儀礼や宴、

行幸などに関わるものであった。

④　こういった宮廷文学としての特性は、歌の表現にも及ぶものであり、宮廷社会のなかで、その役割を果たすものであったと考えてよい。前章においては、若菜摘みや国見などの儀礼にまつわる歌の宮廷歌としての表現の特性、旅や宴の歌の宮廷歌としての特性について解説し、宮廷歌人・柿本人麻呂の宮廷讃歌の方法についても解説した。

以上のように考えてゆくと、『万葉集』の歌々が、宮廷のなかで発達した歌々であり、七世紀、八世紀の宮廷文化と不可分の関係にあったことがわかる。「宮廷文化なくして『万葉集』なし」といっても、過言ではない。つまり、万葉歌とは、七世紀と八世紀の宮廷文化に淵源(えんげん)を持つ歌々なのである。

律令国家の誕生と『万葉集』

ただし、①～④において指摘した内容は、古代の宮廷文化の一つの側面でしかない。なぜならば、その宮廷を支えるのは、巨大な官僚組織であったからだ。天皇、皇族を中心とする宮廷社会は、官僚組織によって支えられていたのである。この二つの関係も、じつは不可分の関係にあるのだ。

第一章では、漢字による地域や国の統合について解説をしたが、本章では、その漢字を通

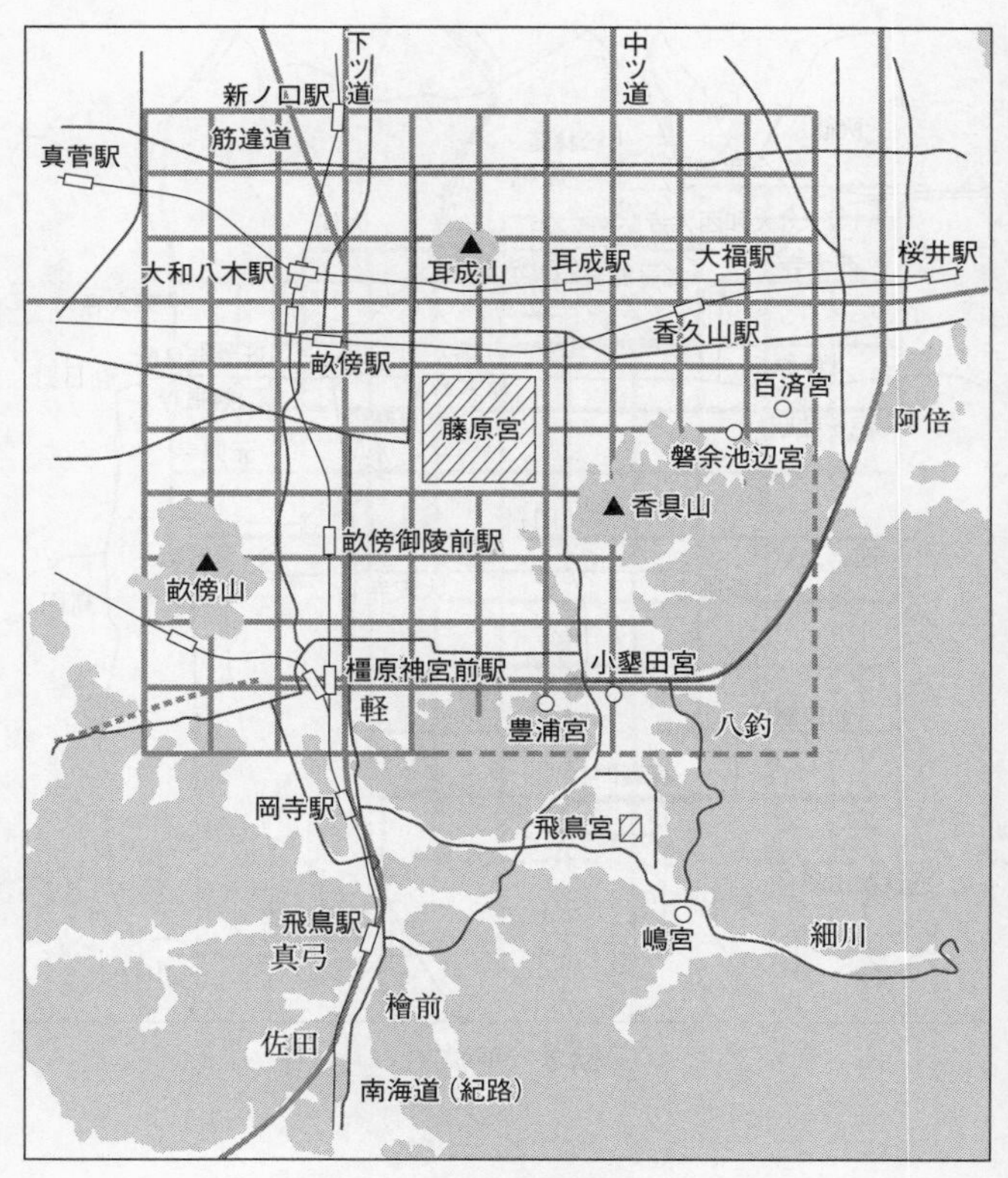
下ツ道
中ツ道
新ノ口駅
筋違道
真菅駅
大和八木駅
耳成山
耳成駅
大福駅
桜井駅
香久山駅
畝傍駅
藤原宮
百済宮
阿倍
磐余池辺宮
香具山
畝傍御陵前駅
畝傍山
橿原神宮前駅
小墾田宮
軽
豊浦宮
八釣
岡寺駅
飛鳥宮
飛鳥駅
真弓
嶋宮
細川
檜前
佐田
南海道（紀路）

図2　藤原京

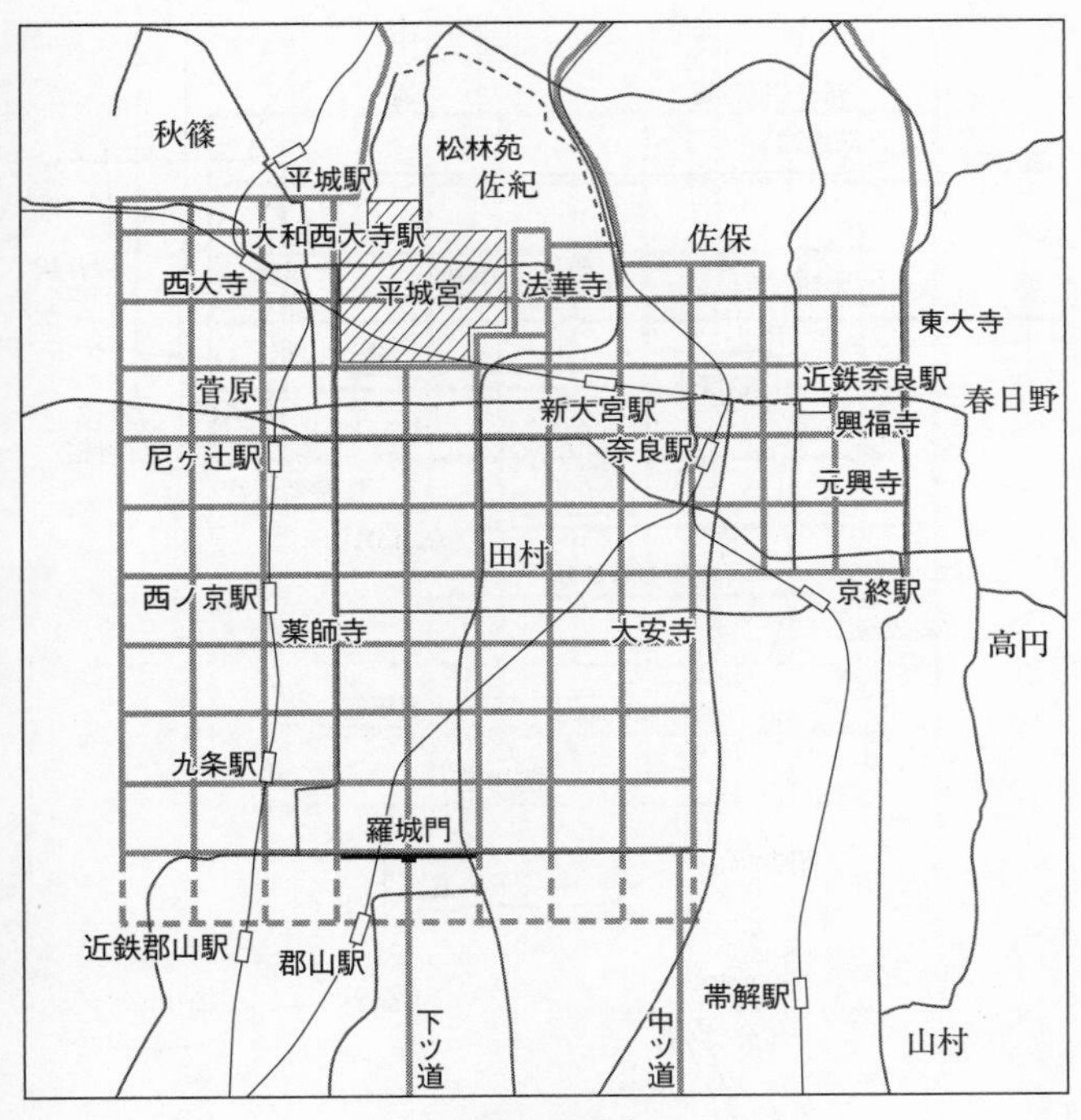
秋篠
平城駅
松林苑
佐紀
大和西大寺駅
佐保
西大寺
平城宮
法華寺
東大寺
近鉄奈良駅
菅原
新大宮駅
春日野
興福寺
尼ヶ辻駅
奈良駅
元興寺
田村
西ノ京駅
京終駅
薬師寺
大安寺
高円
九条駅
羅城門
近鉄郡山駅
郡山駅
帯解駅
下ツ道
中ツ道
山村

図３　平城京

して受け入れられた法体制と官僚システムである律令(りつりょう)国家、その律令国家を支える官僚すなわち「官人(かんにん)」の文化というものが、『万葉集』といかに関わっているのか、考えてみたい。

「律」は基本的には今日の刑法にあたり、「令」は今日でいえば行政法にあたる。さらに、これに律令の施行細則となる格式(きゃくしき)も細かく定められていた。令の規定を運用する官人も、天皇も皇后も、基本的には、令に規定されている法的存在なのである。つまり、律令国家は、漢字と官僚によって運営される法治国家なのである。

日本への令制の導入は徐々に進むが、今日われわれが推定できるのは、大宝(たいほう)律令（七〇一年制定）の条文からである。『万葉集』の歌々が生まれ、その編集が行なわれた時代は、まさしく、この律令国家の形成期にあたる。ちなみに、万葉時代の現行法は大宝律令である。

そもそも、日本における文字の普及は、律令官人の漢字学習からはじまる。律令国家は、漢字によって運営される国家なので、少年期からの漢字学習を必要とする。なぜならば、官人には令の条文を理解し、その条項に基づいた文書を作成する能力が求められるからである。さらに、注意しなくてはならないことがある。それは、官人は主として男性なので、男性から文字が普及してゆくのである。

では、律令国家の形成は、日本の歌の歴史にどんな影響を与えているのだろうか。いちばん大切なことは、文字の普及だが、そのほか多岐にわたる影響を与えている。私が、『万葉集』の性格を考えるうえで重要だと思うのは、律令官人の地方赴任である。官人となった貴族たちは、地方に赴任することになる。つまり、漢字学習によって、歌を記すことのできる官人たちが、続々と地方に赴任する時代がやって来たのだ。すると、赴任した土地土地で歌を作る人びとがあい集って、それぞれの地方に「文芸サークル」が形成されてゆくことになる。

大伴旅人と山上憶良を中心とした、いわゆる「筑紫歌壇」、さらには大伴家持を中心とする「越中万葉」などがその代表であるが、こういった「文芸サークル」によって、宮廷社会で形成されていた歌のかたちが地方に広がっていったのである。五・七・五・七・七の短歌体が地方に行き渡ったのも、そのためである。じつは、『万葉集』の歌々が全国に広がっている最大の理由も、律令官人の地方赴任によるところが大きいのである。彼らは、赴任した地域の人びとの歌も記録し、地方の文化にも関心を持つようになる。このあたりについては、第四章において解説することにしよう。

万葉終焉歌

じつは、『万葉集』の終焉歌（しゅうえんか）となっている歌も、大伴家持が因幡国（いなばのくに）の「国司」となって、その地に赴任した時の正月歌なのである。

三年春正月一日に、因幡国の庁にして、饗（あへ）を国郡の司等に賜ふ宴の歌一首

新しき　年の初めの　初春の　今日降る雪の　いやしけ吉事

右の一首、守大伴宿禰家持作る。

（巻二十の四五一六）

訳 天平宝字三年（七五九）春正月一日に、因幡国の庁において、酒食を国郡の司らに饗応する宴の歌一首

新しい年の初めの、初春の今日降り積もった雪のように、さらにさらに重なってゆけ、よいことが！　さらにさらにね——。

右の一首は、守大伴宿禰家持が作った歌である。

時は、天平宝字三年のこと。題詞にいう「饗」とはもてなしの食事のことで、「国郡の司」すなわち「郡司たち」を招いての宴が催されたのであった。これは、宴の席上で披露された歌なのである。したがって、『万葉集』は、正月の祝い歌で終わる歌集ということができる。

家持は、「新しい年のお正月に雪が降った。かの新年の雪は、吉兆と考えられているではないか。だから、だから、その雪が降り積もるように、さらにさらに吉事が重なってゆけ」と歌っているのである。一つよいことがあった（新年はめでたい）。さらにもう一つよいことがあった（その新年の吉兆を表す雪が降った）。だったら、さらによいことが続くはずだ、と

家持はいいたいのである。

郡司たちを招待した宴

この歌を考えるうえで、きわめて重要な点は、国司である家持が郡司たちを招いた宴で、家持がこの歌を披露したという点にある。正月には、国司が郡司たちを招いて、まず奈良の都の天皇を遥拝（遠くから拝むこと）し、それから宴をすることが、律令の規定に定められているのである。

当然、これは公的な宴であるから、正倉すなわち国庫からの支出によって賄われるのである。では、なぜ郡司を集めて、平城宮を遥拝した後に、宴をするのか。それには、二つの理由があった。一つは、こういった儀礼を通して地方の人びとの心を中央に向かわせるためである。全国一律に同じ儀礼を同時刻に行なうことによって、中央集権化を図ったのである。

しかし、実際のところは、その逆かもしれない。国家といっても、誰も国家の全体すべてを掌握しているわけではない。したがって、国家というものは、巨大なシステムなのだが、それは幻影かもしれないのである。むしろ、儀礼に表象されるもののなかにしか、国家は出現し得ないのではないか――。なぜならば、国家は建物や旗、書類で表象されるものでしかなく、その総体を把握している人などいないからである。だから、われわれ人間は時として、革命や政変によって、建物や銅像を壊し、旗を焼くのである。

国司たちの苦労

国司が郡司たちを集めて宴を行なう二つ目の理由は、おおむね次のようなものである。それは、国司が郡司たちと良好な人間関係を築くためである。国司は、中央から派遣されて、その地を治め、任期がくれば転任してゆく。いわば、地方赴任官である。短ければ三年、長くて六年その任地で勤務するが、やがて転任してゆく。これに対して、国司の下で働く郡司たちは、その地に根を張る豪族たちのなかから任命される。したがって、その地域の有力者たちなのである。もちろん、国司は郡司の推薦権を中心とした実質的な任免権を握っているけれども、国司がその任地で仕事をこなすためには、その地の有力者である郡司たちの協力が不可欠であることはいうまでもない。というよりも、実質的にその地方を治めているのは、郡司たちの方なのである。ここまで書くと、人生経験豊富な読者は、ピンときたはずだ。エリート・キャリア官僚の地方出向や、本社採用社員と支社採用社員との関係を想起している人も、多いことだろう。

国司たちは、郡司の子弟の就職斡旋(あっせん)をはじめとする利益誘導で、郡司を懐柔することができるとはいうものの、郡司との良好な関係を保たなければ、その任期さえも全うすることはできなかった。それだけなら、まだいい。郡司との関係が極度に悪化した場合、国司たちはその生命が脅(おびや)かされることもあるのだ。なぜならば、その地に根を張る郡司たちは、武力も持っていたからだ。

一方、良好な人間関係を築き、国司と郡司が友情で結ばれることもある。時代は下るが、紀貫之『土左日記』（九三五年ごろ成立）を例に考えてみよう。『土左日記』の前半部に、自分がいかに国司として、よい政治をしていたか、ということをアピールしているところがある。その自慢話の一つとして、帰京する際、国境まで見送りに来た人びとがいたことを、具体的に人名を挙げて記している。彼らは、おそらく郡司かその子弟で、国府の事務官をしていた人びとであろう。

貫之は一人ひとりの名前を挙げて、彼らを志ある人と呼んでいるが、ひらたくいえば、誠実に自分に仕えてくれた人びとということになる。彼らが国境まで同行してくれて別れを惜しんだのは、貫之を慕っていたからである。だから、貫之は、彼らと自分は良好な人間関係を築けていましたよ、ということをアピールするために、こう書き残しているのである。

つまり、郡司だけでなく、国司の側にとっても、宴はたいへん重要な場だったのである。

大伴家持は、越中においても、やはり郡司たちをもてなしている。

天平勝宝二年正月二日に、国庁に饗を諸の郡司等に給ふ宴の歌一首

あしひきの　山の木末の　ほよ取りて　かざしつらくは　千年寿くとそ

右の一首、守大伴宿禰家持が作

訳　天平勝宝二年（七五〇）正月二日に、国庁において酒食を諸々の郡司らに饗応した宴の歌一首　（巻十八の四一三六）

（あしひきの）山の梢に幾重にも幾重にも巻きつく「蔦」――。「蔦」を山から取ってきて、かざしにしておりますのは……ご参会のみなさま方のご健勝をご祈念申し上げてのことでございまする！

右の一首は、守大伴宿禰家持の作である。

国司の家持自らが、新年を言祝ぐ歌を歌って、宴を盛り上げているといってよいだろう。国司たちは、郡司たちにたいそう気を遣っているのである。そういう宴で、家持は、歌を歌って、自らの好意を伝えようとしたのである。

宴には郡司の子弟も招かれた

このほかにも、国司たちはあらゆる機会を捉えて、郡司たちをもてなしていた。それだけではない。郡司の子弟たちももてなしていたのである。同じ家持に、こんな歌がある。

庭中の牛麦が花を詠む歌一首

一本のなでしこ植ゑし その心 誰に見せむと 思ひそめけむ

右、先の国師の従僧清見といふもの、京師に入るべく、因りて飲饌を設けて饗宴す。ここに主人大伴宿禰家持この歌詞を作り、酒を清見に送る。

（巻十八の四〇七〇）

訳 庭中のなでしこの花を詠む歌一首

一本のなでしこを植えたその気持ち。このなでしこを誰に見せようと思って植えたと思いますか（あなたさまだけに見てもらいたいと思って自ら植えたんですよ！）。

右の歌は、先の国師の従僧・清見という者が上京することになり、そこで酒食を設けて饗宴をすることになった時の歌である。その折、宴の主人・大伴宿禰家持がこの歌を作って、酒を清見に送ったのであった。

しなざかる 越の君らと かくしこそ 柳かづらき 楽しく遊ばめ

右、郡司已下子弟已上の諸人多くこの会に集ふ。因りて守大伴宿禰家持この歌を作る。

（巻十八の四〇七一）

訳 （しなざかる）越中のみなさま方とは、このように柳を髪飾りにし、楽しく遊びたいものですなぁ（今も、また来年も）。

右の歌は、郡司以下その子弟まで含めた諸人までもが、たくさんこの清見送別宴に集って宴を開いた折のものである。そこで、国司たる大伴宿禰家持が、この歌を作ったのであった。

一首目の歌は、「国師」の従者である清見という人物を送る送別の辞と考えてよい。「国師」は、いわば仏教者と寺院の監督官である。つまり、僧侶（そうりょ）、尼僧（にそう）（尼（あま））、諸寺院の監督を司（つかさど）る僧侶の官人なのであった。その「国師」の従者が「従僧（じゅうそう）」で、「清見」なる人物はその「国師」の「従僧」であったわけである。僧侶ではあるが、国司の下で働く官人であったから、帰京する清見のために国司の家持が送別宴を開いたのであった（驚くなかれ、僧侶も、このような場合は飲酒したのである）。家持は、清見を持ち上げてくすぐり、「あなただけに見せたくて、このなでしこを御自ら植えたんですよぉ――」と歌ったのである。おそらく、清見とは親しかったのであろう。親しくなければ、そんな言い方はしないはずだ。

宮廷文化が地方に広がる

この清見送別宴には、郡司たちも招待されたのだが、招待されたのは郡司だけではなかった。その子弟も招待されていたのである。この点もきわめて重要であろう。なぜならば、郡司と良好な関係を築くためには、その家族とも良好な関係を築く必要があったからである。

二首目の歌は、清見ではなく、その宴に集った越中の郡司とその子弟に向けて歌われた歌である。柳の枝を輪にして頭に載せたのは、一種の宴の趣向と考えてよい。もともとは、中国の文人の宴での遊びであったが、日本にも伝えられて、奈良時代の貴族も行なった一つの遊びであった。こういう遊びは、親しい友人同士で行なう遊びであったから、家持は次のように、郡司とその子弟たちに、歌でメッセージを発したのであった。それは、「日ごろ、ご協力いただいている越の国のすばらしいみなさま方とは、今日も明日も、ずっとずっと遊んでいたいものです」というメッセージである。この歌も、国司が郡司たちに好意を示す歌だ。

じつは、こういう「国司」を主催者とする宴を通して、都の文化、たとえば年中行事や儀礼というようなものは、地方に広がっていったのである(平川南『文字文化のひろがり』)。繰り返しの言及となるが、都の歌のかたち、たとえば五・七・五・七・七の短歌体なども、こうして地方に広がっていったのである。

『万葉集』巻十四に収められている東歌(あずまうた)がほぼ短歌体なのは、都の歌のかたちが、すでに地方に広がっていたことを意味しているといえるだろう。したがって、東歌の作者層も地方の郡司層と考えてよいのである。東歌を「農民の民謡」と見る見方は、今日の学界においては下火になりつつある(品田悦一「東歌の文学史的位置づけはどのような視野をひらくか」)。郡司は、在地の知識人なのだ。

朝集使壮行宴

以上、説明してきたように、宴と歌を通した国司と郡司とのつきあいは、いわば家族ぐるみのものであったが、時には郡司の妻たちと国司が宴をすることもあったようだ。朝集使という役目を負って、任地である上総国（千葉県の一部）から、一時的に平城京に帰京することとなった大原今城の壮行宴には、郡司の妻たちも呼ばれている。朝集使とは、地方で作成された報告書を持参して、都に報告に行く使いのことである。そして、郡司の妻たちは、こんなはなむけの歌を歌ったのであった。

足柄の　八重山越えて　いましなば　誰をか君と　見つつ偲はむ　（巻二十の四四四〇）

訳（あなたさまが）足柄の八重山を越えて行ってしまわれたなら……誰をあなたの代わりに見て偲んでゆけばよいでしょうか（あなた以外に、そんな人はいませんわ）。

立ちしなふ　君が姿を　忘れずは　世の限りにや　恋ひ渡りなむ　（巻二十の四四四一）

訳しなやかなしなやかな、あなたさまのお姿を忘れずに……この世に生きている限りお慕いし続けましょう。

一首目に足柄峠が登場するのは、そこが難所であり、難所であるがゆえに、東国と西国の境であるとも考えられていたからである（静岡県小山町と神奈川県南足柄市の境）。まるで、恋人を送り出すかのような歌である。いや、そのものか——。

しかし、すでに額田王の蒲生野唱和歌で見たように、宴では、こういう際どい歌を作りあって遊ぶものなのである（四六頁）。むしろ、郡司の妻たちは、こういうはなむけの歌を贈って、今城を困らせて遊んだのであった。蒲生野唱和歌と同じだ。ターゲットとする相手を定めて、媚態を示す歌で攻撃し、反撃を待つという発想は共通しているのである。

大伴旅人の送別宴

話を『万葉集』の終焉歌「新しき」の歌に戻すと、まず、大伴家持が因幡に赴いたのは、国司として赴任をしたからであり、彼が律令官人だったからである。そして、その終焉歌は、国司と郡司の交流の宴の歌だったのである。終焉歌は、まさしく国司・大伴家持の祝辞とみてよく、わが因幡国に栄えあれ、日本に栄えあれ、と祈っている歌なのである。

そこで、これまでの説明を踏まえて、大伴家持の父親である大伴旅人の筑紫離任直前の宴の話をしたい、と思う。大伴旅人は、国司として筑紫の大宰府に赴いていたが、天平二年（七三〇）十月一日に大納言（大臣に次ぐ官）に任命されて、平城京に帰任することとなった。

その送別宴が巻五に伝えられている。「書殿にして餞酒する日の倭歌四首」である。

天飛ぶや　鳥にもがもや　都まで　送りまをして　飛び帰るもの　（巻五の八七六）

訳（天飛ぶや）鳥にでもなりたいものでございます。鳥になれたら都までお見送り申し上げて、飛んで帰って来ることができますのにねぇ。

人もねの　うらぶれ居るに　龍田山　御馬近付かば　忘らしなむか　（巻五の八七七）

訳わたくしたちがうちしおれて離任を悲しんでおりますのに、龍田山にお馬が近づいたら……わたくしたちのことなんてお忘れになるのじゃありませんか――。

言ひつつも　後こそ知らめ　とのしくも　さぶしけめやも　君いまさずして　（巻五の八七八）

訳お話ししても詮無いこととはいいながら……あとで思い知るんでしょうね。少しだけ淋しいなんていう程度のことではありますまいよ。あなたさまがいらっしゃらないということになれば。

万代に　いましたまひて　天の下　奏したまはね　朝廷去らずて

（巻五の八七九）

訳 万年もお元気でいらして、天下のまつりごとをご立派に司って下さい……。平城京の朝廷から離れずに――。

まず、注目したいのは、この送別宴が、書殿で行なわれているという点だ。今日でいうなら書院や図書館ということになるが、大宰府に集った官人、それも旅人の周りにいた文人たちは、旅人さんの送別会なら図書館がよいね、ということになったのであろう。題詞に「倭歌」とあるのは、当日の宴では、漢詩も披露されたので、「倭歌」すなわち「ヤマトウタ」と、ここに記していると思われる。その記された歌々は、このようにじつにすねた気分の歌々なのである。

▼鳥になれたらあなたさまを大和まで送ってゆけますのに、私たちは鳥ではありませんからね（八七六）

▼見送る者はみな悲しんでいるのに、大和に近づいたら、私たちのことなんてお忘れになるんじゃありませんか（八七七）

▼言っても詮無いことながら、あなたさまがいなくなったら、どんなに淋しいことか（八七八）
▼平城京でもお元気で、政治の世界で大活躍して下さいね（八七九）

注意しなくてはならないことは、ここに当時の筑紫の方言と思われる言い回しが見られることである。「人もねの」は「人みなの」であろうし、「とのしくも」は「乏しくも」の方言であると考えられている。おそらく、この歌々は、筑紫の土地の人びとの声として、ここに収められているのであろう。龍田山（奈良県生駒郡三郷町）は、難波・河内から大和への進入路のある山である。いわゆる龍田道は、この山の麓を通る道である。龍田山まで辿り着けば、あなたは、筑紫にいる私たちのことなんて忘れるに違いないはずだといいたいのである。

すねた気分の別れ歌

そこを通る時には、どんなに私たちが恋しがっても、あなたは、私たちのことなんて忘れているでしょうね、というのである。こういったすねた気分の見送り歌を、例として一つ挙げてみると、次のような歌がある。題詞は「藤原宇合大夫、遷任して京に上る時に、常陸娘子が贈る歌一首」である。

庭に立つ　麻手刈り干し　布さらす　東女を　忘れたまふな

（巻四の五二一）

訳 庭に立って、麻を刈って干して、布をさらす。そんな東女のいなか女の私めではございますが、けっしてけっしてお忘れなきようお願い申し上げます。

常陸娘子は、常陸を代表する女性というほどの呼称で、おそらく土地の遊女の一人であったと思われる。ただ、藤原宇合のために弁護しておくと、実際に、この遊女と宇合が馴染みであったかどうかは、わからない。まるで馴染みであったかのように歌って、宴の席で宇合を困らせて遊んだ可能性があるからだ。地方に赴任した役人たちと、土地の女とのロマンス、またそれをおもしろがる宴歌、そういう図式が、これらの歌々にはあるのである（八九～九〇頁）。

私懐を述べるということ

そこで、話をふたたび、大伴旅人の送別宴に戻そう。すでに解説した書殿歌群に、山上憶良が、役人としては口に出すことは憚られる内容なのであるが、あえて申し上げます、と歌う歌が三首続く。題詞は「敢へて私懐を布ぶる歌三首」である。

天離る　鄙に五年　住まひつつ　都のてぶり　忘らえにけり　（巻五の八八〇）

訳　（天離る）田舎に五年間も住みつづけまして、都の習慣もすっかり忘れてしまいました――。

かくのみや　息づき居らむ　あらたまの　来経行く年の　限り知らずて　（巻五の八八一）

訳　こんなにも嘆いているのでございます。（あらたまの）過ぎ行く年の年限もわかりませぬので。

我が主の　御霊賜ひて　春さらば　奈良の都に　召上げたまはね　（巻五の八八二）

訳　よっ！　わが主人とも頼む大伴旅人サマ。その旅人サマのコネにすがりまして、春になりますれば、奈良の都に栄転させて下さいましな……。旅人サマ――。

この三首も、すねた気分で歌われているのだが、こちらは筑紫の地元の人びとの声に対して、同僚の声である。

▼もうやってられませんよ。こんな田舎に五年目ですよ（八八〇）
▼だって、いつまで地方暮らしが続くかわからないんですから（八八一）
▼旅人さんは、大納言でしょ。コネで私を平城京に戻して下さいな（八八二）

こういう呼吸で歌われているのである。そう読み込んでゆくと、題詞に「私懐」とある意味が、よくわかる。つまり、これは役人としては、口にしてはならないことなのである。命令とあらば公平無私で、それに臨むということが、官人には求められていたからである。山上憶良の私懐歌群から読み取れることは、あえて口にすべきことではない事柄を口にしたということであり、旅人と憶良が、そういう軽口を言い合える仲であった、ということである。ではなぜ、山上憶良が「私懐」を述べてはいけないかというと、そこには、律令官人の規範意識があったからである。

律令官人の倫理規範

律令官人たちは、儒教的な倫理に裏打ちされた規範意識というものを持っていて、任地の選り好みなどはしてはいけないものとされていた。その一例を挙げておこう。

大宰少弐石川朝臣足人の歌一首

さす竹の　大宮人の　家と住む　佐保の山をば　思ふやも君

（巻六の九五五）

帥大伴卿の和ふる歌一首

やすみしし　我が大君の　食す国は　大和もここも　同じとぞ思ふ

（巻六の九五六）

まず、大宰少弐である石川足人が「旅人さん、あなたもやはりご自宅のある佐保（平城京の北東部）のことを思っているんでしょう。やはり、平城京に帰任したいのでしょうね。旅人さんも」と歌いかける。これに対して、大伴旅人は、「いやいや、天皇さまの治めている国は、大和もここも同じですよ。任地の選り好みなんてしてはいけません――」と答えているのである。いわば、石川足人がホンネを問うているのに対して、タテマエで答えているわけである。とするならば、山上憶良の私懐歌群三首は、ホンネの歌々といえるだろう。タテマエはそうではあるが、ホンネのところは……というように理解しておけばよいのである。

律令官人の理想

律令官人としてその生を全うするということは、高い倫理観を持ち、矜持を持って生きるということであった。しかし、また一方で、その人生を「悲哀」とともに生きてゆくということでもあった。つまり、「矜持」と「悲哀」の間に、ホンネとタテマエが入り混じるのである。

清廉潔白の人として尊敬され、山上憶良も心を寄せていた人物に、藤原八束（のち真楯と改名）という人物がいる。その八束の死を悼む薨伝（上級貴族の略伝）が『続日本紀』（『日本書紀』の次の正史。六国史の一つ）に収載されている（巻第二十七の「称徳天皇、天平神護二年［七六六］三月十二日条」）。八束の薨伝から、律令官人に求められた倫理規範について考えてみよう。訳文（拙訳）を示す。

> 十二日、大納言・正三位たる藤原朝臣真楯が薨じた。真楯は、聖武天皇の時代に正一位・太政大臣を追贈された房前の第三子である。真楯は、度量が広くかつ深くて、天下の宰相として天子を補佐するに足る識見と能力とを備え持っていた。最初、春宮大進に任官し、次々と昇進して正五位下・式部大輔兼左衛士督に昇ったのであるが、官職にあっては公平でかつ行ないが清く、思慮においても、まったく私心がなかった。聖武天皇は、真楯を寵愛して厚く待遇し、詔を下して、特に天皇への重要な情報を言上する役目と、天皇の命を伝える役目をお与えになったのであった。

まさしく、八束は、清廉潔白の人であったのだ。では、律令官人には、具体的にどんな倫理規範が求められていたのであろうか。それを一言でいえば、「士たれ」というものであろう。「士」とは立派な男子という意味であるが、武人としても、文人としてもすぐれた高い倫理観を持って、国家を負う人材たれということになる。「心を正して身を修め、身を修めた後に家を整え、家を整えた後に国を治め、国を治めた後に、天下を治める」ことのできる人材である。つまり、「仁」「義」などの儒教的徳目を身につけた、成人男子知識人ということになるだろう（『大学』第一段・第二節、赤塚忠『新釈漢文大系第二巻　大学・中庸』）。

山上憶良も、律令官人の一人として、「士」たらんことを望んだ人物であった。彼は、その死に際して、次のような歌を残している。

山上臣憶良、沈痾の時の歌一首

士やも　空しくあるべき　万代に　語り継ぐべき　名は立てずして

（巻六の九七八）

右の一首、山上憶良臣の沈痾の時に、藤原朝臣八束、河辺朝臣東人を使はして疾める状を問はしむ。ここに、憶良臣、報ふる語已畢る。須くありて、涕を拭ひ悲嘆して、この歌を口吟ふ。

訳　山上憶良の病気が重くなった時の歌一首

士たるものがこのまま空しく人生を終わってよいものか——。万代に語り伝えるべき名を立てることもなく。

右の一首は、山上憶良の病気の重篤になった時に、藤原朝臣八束が河辺朝臣東人を使者として派遣し、容態を尋ねさせた時の歌である。そこで、憶良は、自らの容態についてまず東人に返答をしたのであった。そして、その言葉を言い終わってしばらくしてから、涙を拭きつつ悲嘆して、この歌を口ずさんだのである。

律令官人として、高い理想を求めつつも、遠くそれに及ばないまま死んでゆく悲しみを歌った歌である。山上憶良は、八束の薨伝に書かれたような人間になりたいと願ったけれども、それも叶わぬうちに人生を閉じることは無念だというのである。憶良は歌う。私はまだ語り伝えられるような仕事もしていないし、人格者にもなっていない。なのに、もう死は近いのだ。

高い理想は、かえって人生に悲嘆と無念をもたらすものなのである。

第四章　京と地方をつなぐ文学

第三章のまとめ

私は、前章において、次のことを述べた。

①『万葉集』は、律令国家形成期の文学である。律令国家は、漢字によって運営される法治国家を希求していた。

②この律令国家の出現は、少年期から、漢字を学ぶ人びとの人口を増大させた。ただし、律令官人は主として男性であるから、男性の文字学習が先に進むことになる。漢字を学んだ律令官人たちの地方赴任は、年中行事などの宮廷文化と宮廷の歌のかたちを、地方に伝えることとなった。

③そのなかで、地方に赴任した国司と郡司たちは、歌で交流することもあった。

④　その律令官人には、高い儒教的倫理規範が求められており、公平無私の心を持って、「士」として生きることが求められた。つまり、律令官人の文化は、その精神世界にまで及ぶものであったといえる。

以上の四点を勘案すれば、『万葉集』には、律令官人の文学としての側面を見ることができるのである。

大伴旅人と遊女・児島

この「士」をヤマト言葉でいえば、「ますらを」ということになる。立派な男という意味である。「士」たれ、「ますらを」たれ、よき官人たれという倫理規範は、民によく慕われる人物であることをも志向する。キリスト教的な愛や、仏教の慈悲、さらにはフランス革命の博愛主義とそれに続く現代民主主義とは、やや異なるかたちの民との交流が、東アジア漢字文化圏にはあった、といえよう。

ここで、鳥の眼から、蟻の眼に戻る。ふたたび、天平二年（七三〇）の筑紫に話を戻そう。大納言となった大伴旅人の送別宴は、数次にわたって行なわれたようなのだが、大宰府の「水城」においても行なわれた。「水城」とは、博多湾からやって来る外敵を防ぐ堤防である。なぜ、堤防が防衛ラインになるかというと、押し寄せた敵軍を水攻めにするための堤防だっ

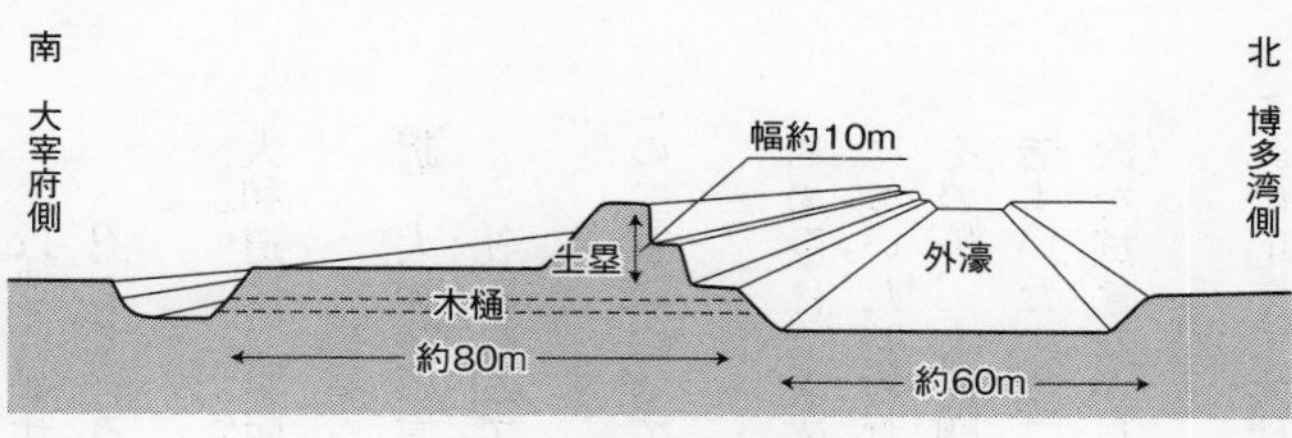

図4　水城の断面図

たからである。さらには、突然、人工の池を出現させて、敵の進軍を阻み、堤防の上から、弓矢や石で敵を撃退するための軍事施設なのである。大宰府が、筑紫平野の内陸部にあるのは、白村江の戦い（六六三）による敗北によって、唐や新羅との関係が極度に悪化し、戦争に備える必要があったからである。敵軍を一旦内陸部に誘い込み、狭隘な道路に入ったところを左右の高台や山域などの陣地から挟撃するのである。その狭隘な道路をさらに水浸しにするために、「水城」があったのである。

その防衛ラインの堤防において、送別宴が行なわれたのは、水城が、大宰府から北上する場合の、いわば関所のような役割を果たしていたからであろう。この水城送別宴に、一人の遊女がやって来た。その名を「児島」という。彼女は次のように歌った。

凡ならば　かもかもせむを　恐みと　振りたき袖を　忍びてあるかも

（巻六の九六五）

訳　並大抵の方ならどうとでもできますけれど……あなたさま

は違います（大納言となられるお方）。畏れ多くて畏れ多くて、振りたき袖も忍んで
忍んでいるのでございます——。

大和道は　雲隠りたり　然れども　我が振る袖を　なめしと思ふな
（巻六の九六六）

訳　大和路は雲に隠れております。隠れて見えないでしょうけれど……私が振る袖を無
礼だなんて思わないでくださいまし——。

この二首については左注があり、訳せば次のようになる。

右の歌は、大宰帥たる大伴旅人卿が大納言を兼任することになり、京に向かって帰途についた時の歌だ。その日は、馬を水城に止めて、大宰府の館を振り返ったのであった。その折、大伴卿を見送る大宰府の官人たちのなかに紛れて、遊女、その名を児島という者もいた。ここに、その遊女は、別れがいともたやすく、再会が困難なことを悲しみ、涙を拭きながら、自らの袖振る歌を、このように口ずさんだのであった。

これに応えて大伴旅人が歌う。

大和道の　吉備の児島を　過ぎて行かば　筑紫の児島　思ほえむかも
（巻六の九六七）

訳 大和路の吉備の児島を過ぎて行く時には……おまえさん、筑紫の児島のことを恋しくて恋しくて思い出すに違いない（忘れたりなんかするもんか）。

ますらをと　思へる我や　水茎の　水城の上に　涙拭はむ
（巻六の九六八）

訳 立派な士と自ら任ずる私……。その私が、水茎の水城の上で涙を拭くことになるとは——。

じつは、この歌群も、すねた気分で、旅行く者を困らせる歌である。会話劇仕立てにして解説してみたい。

児島　さらに雲の上の人となるあなた、私のような遊女が袖を振ったなら、あなたにとっては赤っ恥。だから、我慢しているのです。
あなたが行く遠い遠い大和路からは見えないでしょうけど、私は袖を振り続けますわ。だから、無礼だなんて思わないでくださいまし。

旅人　そうだね。吉備の児島を過ぎる時、ぼくは君のことを思い出すだろう。恋しくて恋しくて――。

士たる俺さまが、戦いのために築かれた水城で泣くなんて――。それはね。君への思いが、深いからさ……。

という呼吸である。書いている私も、むずがゆくなるようなセリフだ。賢明な読者は、すでにこれが宴の遊び歌であることを看取しているはずだ。では、こういった遊女とのやりとりが、いったいどうして記録されて残ったのだろうか。旅人にとっては、不名誉なことではないのか。

しかし、それは違う。現在とは、異なる考え方があったのである。こういう歌が残ることは、むしろ、旅人にとって名誉なことだった。つまり、遊女にも、これほど愛された良き官人だったということの証となるのである。だから、良き官人たる旅人は、自らも児島を愛していることを伝え、自分は落涙している、と歌い返すのである。

前章において、私は、国司と郡司との交流について解説したのだが、任地においては遊女とも歌で交流したのである。もちろん、身分秩序は当然あるのだが、その身分を越える交流が、官人に求められることもあった。いや、むしろ、話は逆かもしれない。歌において身分

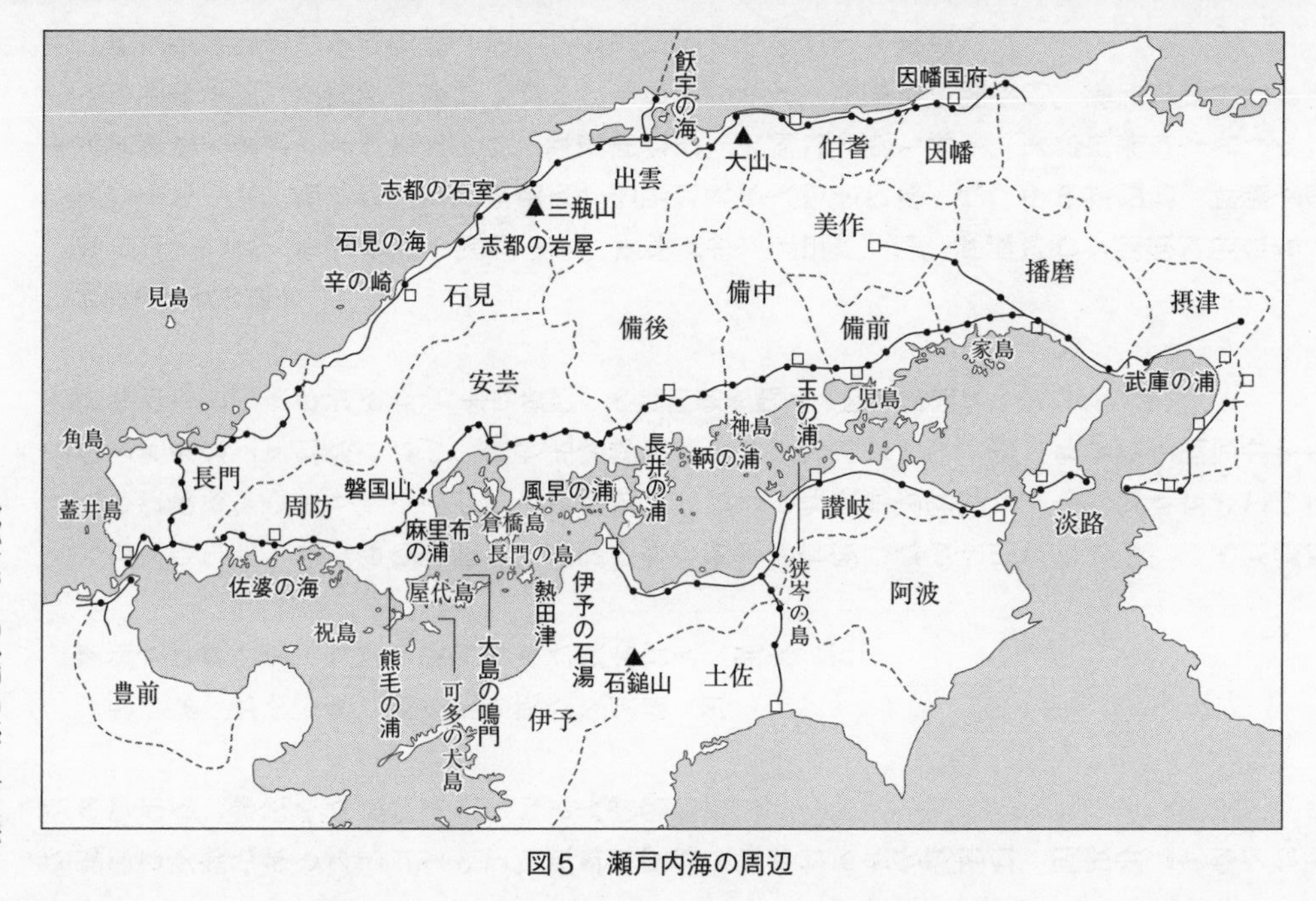
飫宇の海
因幡国府
大山
伯耆
因幡
出雲
志都の石室
三瓶山
美作
石見の海
志都の岩屋
播磨
辛の崎
石見
見島
備中
摂津
備後
備前
家島
安芸
武庫の浦
玉の浦
児島
神島
角島
長井の浦
鞆の浦
長門
磐国山
風早の浦
讃岐
淡路
周防
蓋井島
麻里布の浦
倉橋島
長門の島
佐婆の海
屋代島
熟田津
伊予の石湯
狭岑の島
阿波
祝島
熊毛の浦
大島の鳴門
可多の大島
石鎚山
土佐
豊前
伊予

図5　瀬戸内海の周辺

を越える交流があることによって、逆に現実社会における身分秩序は、固定化してゆくはずなのである。歌がかたちづくっている人物像は、

▽恋い慕いながらも、慎み深き遊女／児島（民）
▼遊女の真心を、真摯に受け止めた良き官人／旅人（官）

というものであった。右の構図は、現実の身分秩序を肯定しない、いわば役作りなのである。つまり、こういう心の交流は、むしろ身分差を肯定した上に成り立っているものと考えなくてはならない。身分差を越える心の交流によって、逆に身分差を固定化する性質があるといえるだろう（「水戸黄門」の諸国漫遊譚も、同じ構図なのではないか）。

対馬の遊女の場合

さらに、官人と遊女の話を続けよう。天平八年（七三六）に、新羅に行く使節に任命された人びとがいた。彼らは「遣新羅使人」と呼ばれる人びとであった。その旅路は、想像を絶する苦難をともなうものであった。暴風雨など、天候にも恵まれず、天然痘禍にも苦しみ、多くの死者を出した苦難の旅だったのである。しかも、新羅との関係は、極度に悪化しており、外交使節団としての役割も十分には果たせなかったのである。

その往路のこと。彼らは、苦難の旅を続け、ようやく対馬の竹敷（長崎県対馬市美津島町竹敷）というところまで辿り着いた。かの地で風待ちをしていたある日、一行は宴を開こうとした。そして、当日の宴には、遊女を呼ぶことになった。そのなかの一人に、「玉槻」という名の遊女がいた。玉槻は、次のように歌った。

もみち葉の　散らふ山辺ゆ　漕ぐ船の　にほひにめでて　出でて来にけり

（巻十五の三七〇四）

訳　もみじ葉の散り交う山辺。その山辺から……漕ぐ船の色に魅せられて、このように参上いたしてございます。

竹敷の　玉藻なびかし　漕ぎ出なむ　君がみ船を　何時とか待たむ

（巻十五の三七〇五）

訳　竹敷の玉藻をなびかせて、漕ぎ出されるあなたの船を、いつやいつやと……お待ち申し上げればよいのでしょうか。

第一首目は、宴に呼ばれたことに対して感謝を表す歌である。おそらく、宴の場に入場した直後か、歌はじめに歌ったのであろう。二首目の歌は、お別れの挨拶の歌である。これを、仮に遊女の口上風に翻案してみると、こうなる。

▽山育ちの田舎遊女ではございますが、すばらしいお船の色に心を奪われて参上いたしました。よろしくおたの申します（開宴参上の辞）。

▼今日の宴は、これでお開き。またのお越しを、首を長く長くして待っております。よろしくおたの申します（閉宴退去の辞）。

という呼吸である。呼ばれた遊女すらも、すばらしい歌を残す宴。そういった盛宴を催した官人こそ、良い官人なのである。とすれば、遊女の歌を残すことにも、官人たちにとっては、たいへんな意義があったということになる。今日の人道主義や、小さき者への奉仕を求めるキリスト教的人道主義とは異なる論理で、民を慈（いつく）しむ文化がここにあると見なくてはならない。

そして、もう一つ、見逃してはならないことがある。こういった交流が、官命（かんめい）を帯び、都から地方へやって来た男性官人と土地の娘との恋の文学の型のごときものを作ったことである。この型の文学は、古今東西を問わない。元祖青春小説の『坊っちゃん』も、オペラ「蝶々夫人（ちょうちょうふじん）」も、味つけはまったく違うが、構造は同じである。

地方から都にやって来た人びと

これまで、私は地方に赴いた律令官人たちの交流を中心に、万葉の世界を復元してきた。しかし、いつの時代も、交流とは、双方向で行なわれるべきものである。少年期から漢字学習をした男性官人の地方赴任と在地の郡司たちの交流、さらには、郡司とその子弟の国府での勤務によって、地方における漢字学習者も徐々に増大してゆく。すると、地方で漢字学習をした人びとが、都やその周辺で雇用されることも、当然起こり得るわけである。彼らは、「史生（ししょう）」と呼ばれる下級の書記官の職を得ることが多かった。「史生」の主たる仕事は、公文書の作成と整理保管であり、今日の事務職員ということになる。

天平元年（七二九）は、律令国家にとって、大きな試練の年であった。最初で最後ともいうべき大規模な「班田（はんでん）」が行なわれたからである。律令国家は、公地公民制が原則で、規定に基づいて人民に耕作地を与え、耕作権を保障する国家であった。そのために、戸籍が編製されたわけであり、年齢や資格に応じて耕作地が分配される仕組みとなっていた。ところが、その班田制を実施するためには、六年ごとに耕作人たちの資格を再調査し、その再調査に基づいて耕作地を一旦取り上げ、再分配する必要が出てくる。ここが問題なのだ。耕作者にしてみれば、自分のそれまで耕作していた土地を手放したあとに、どんな土地を与えられるかわからない。たとえば、自分が苦労して川から水を引いてきたのに、その丹精を込めた田が他人の手に渡ってしまうこともあるからだ。

ある「史生」の自死

だから、耕作者たちは、相当な抵抗をすることになる。地元での抵抗に遭いながら、各種の書類を作成しなくてはならない史生たちは、塗炭の苦しみを味わうはめになるのであった。とりわけ、空前絶後の規模となった天平元年（七二九）の班田においては、大量の官人たちを地方に派遣して、その任にあたらせている。万葉歌人たる葛城王すなわちのちの橘諸兄、笠金村もその例外ではなかった（巻二十の四四五五、巻九の一七八七）。まさしく、官人総動員体制で班田に臨んだのである。

取り上げる歌は、摂津国で判官（四等官の第三位の官）として、班田の事務を取り仕切っていた大伴三中の歌である。過酷な班田の事務を史生たちがこなしてゆくなか、悲劇は起きた。史生の一人、丈部龍麻呂という人物が、自死してしまったのである。三中は、龍麻呂の死を次のように悼んでいる。

天雲の　向伏す国の　ますらをと　言はるる人は　天皇の　神の御門に　外の重に　立ち候ひ　内の重に　仕へ奉りて　玉葛　いや遠長く　祖の名も　継ぎ行くものと　母父に　妻に子どもに　語らひて　立ちにし日より　たらちねの　母の命は　斎瓮を　前に据ゑ置きて　片手には　木綿取り持ち　片手には　和たへ奉り　平けく　ま幸くま

せと　天地の　神を乞ひ禱み　いかにあらむ　年月日にか　つつじ花　にほへる君が
にほ鳥の　なづさひ来むと　立ちて居て　待ちけむ人は　大君の　命恐み　おしてる
難波の国に　あらたまの　年経るまでに　白たへの　衣も干さず　朝夕に　ありつる君
は　いかさまに　思ひいませか　うつせみの　惜しきこの世を　露霜の　置きて去にけ
む　時にあらずして

（巻三の四四三）

訳「（天雲の）はるかかなたの国の士と言われる人は、天皇の神の宮で、宮門の外に立って警備をなし、宮中で天皇のおそば近く仕え申し上げ……、（玉葛）末長く末長く、先祖の名も継ぎゆくべきだ――」と、母父や妻や子供を説き伏せて出発したその日からずっとずっと、（たらちねの）かの母君はお祀り用の壺を前に据え置いて祈り、片手には木綿を持って祈り、片手には和細布を捧げ持って祈り、つつがなく平穏でいてくれたまえと天地の神に祈って、いつの年のいつの日にか、つつじ花のごとく輝くおまえさんが、にお鳥のごとく波頭を越えて帰って来るかと、今か今かと居ても立ってもいられず……母君も待っていたことであろうに。君は天皇さまの仰せごとによって、（おしてる）難波の国に、（あらたまの）年が改まるまでも、（白たへの）衣も洗うこともできず、朝も晩も忙しく忙しく暮らしていた。君はどのように思っていたのか。（うつせみの）名残も尽きぬこの世を、消えるべき露霜を置くというではないが、私たちを置いて去ってしまった君よ……。いまだ死ぬべき時でもないのに――。

これに反歌二首が続く。

昨日(きのふ)こそ　君はありしか　思はぬに　浜松(はままつ)の上(うへ)に　雲にたなびく　（巻三の四四四）

訳　昨日まで君は生きてこの世にいた……。しかし今は思いがけずも、かの浜松の上に雲となってたなびいている――。

いつしかと　待つらむ妹(いも)に　玉梓(たまづさ)の　言(こと)だに告(つ)げず　去(い)にし君かも　（巻三の四四五）

訳　早く早く帰って来てほしいと待っている妻……。その妻たちに（玉梓(たまづさ)の）言伝(ことづ)てもせずに、君は死んでいってしまったのか――。

この龍麻呂なる人物の名は、他の資料に見えないので、いかなる人物か、詳細は明らかにし得ない。それは、当然といえば当然である。なぜならば、彼は無名の事務官であったからだ。しかし、三中はその人物について、必死に書き残そうとしているのである。遠い遠い国からやって来た龍麻呂は、都で働いて先祖の功名に匹敵する手柄を立てたいと、父母と妻子を説き伏せて上京したのであった。その母は、厳重な物忌み（ものいみ）によって、ひたすらに旅先の龍麻呂の無事を祈ったのであった。しかし、与えられた仕事は過酷を極め、「史生」に認められている洗濯のための休暇も取ることができず働きづめに働き、突然、自死してしまったというのである。

東国出身者に対する同情

では、丈部龍麻呂は、どこからやって来た「史生」だったのであろうか。それを推定することは難しい。しかし、「丈部（はせつかべ）」という氏は東国に多いので、東国出身者の可能性は大きい、と見られている。次に、龍麻呂が父母のことを「母父」と呼んでいたと三中が記していることから、彼は、東国それも東山道（とうさんどう）の出身者であると考えられている。東国の人びとの言葉を伝える東歌（あずまうた）や防人歌（さきもりうた）では、父と母を並べて呼ぶ場合、母から先に呼ぶことが多かった。「オモ（母）＋チチ（父）」という言い方である。これは、古代の母権性の名残を留めるもので、中国文献の知識が浸透し、父権を重視する儒教の影響が強くなると、「チチ（父）＋ハハ（母）」と変わっていったと考えられている。東国においても、交通の要路となっていた東海道地域の人びとは、主に「チチハハ」で表現し、山間部の東山道地域の人びとは主に「オモチチ」と表現している。してみると、龍麻呂は、東山道の山間地域の、母権制の名残を留める地域の出身者であると想定できそうである。東山道の国々、それは、都の人びとにとって、天雲のはるかかなたの国だったのである。

大伴三中は、希望に燃えて、家族を説得して上京したところから龍麻呂のことを語りはじめる。故郷では、神祭りをして、どんなにか母も待っていただろうにと、龍麻呂の留守を守る家族のことに思いを馳せている。そして、ある日突然迎えた、その死。上司として、いたたまれなかったに違いない。

以上のように、地方から上京して畿内で働く人がおり、その死を悼む挽歌を上司が残しているのである。この大伴三中の歌から読み取ることができることは、都びとたちの地方から上京してきた人びとへの同情の気持ちであろう。上京者の家族に思いを馳せて、その悲しみを都びとも共有しようとしていたことがわかるのである。

足柄峠の死体を見て作った歌

地方からやって来る上京者が、志なかばで病臥し、十分な治療を受けることもなく、横死しているという状況も存在していた。ここに、律令国家の闇がある。これは、当時の大きな社会問題の一つであって、時々に天皇は、旅中に苦しむ人びとへの救済措置を命じる詔を下している（『続日本紀』元明天皇、和銅五年［七一二］正月十六日条など）。こういった地方から京にやって来て横死者となる人びとに対する共感も、都では広がりつつあった。宮廷歌人・田辺福麻呂も、次のような歌を残している。題詞は「足柄の坂に過るに、死人を見て作る歌一首」である。

小垣内の麻を引き干し　妹なねが　作り着せけむ　白たへの　紐をも解かず　一重結ふ　帯を三重結ひ　苦しきに　仕へ奉りて　今だにも　国に罷りて　父母も　妻をも見むと　思ひつつ　行きけむ君は　鶏が鳴く　東の国の　恐きや　神のみ坂に　和たへの　衣寒らに　ぬばたまの　髪は乱れて　国問へど　国をも告らず　家問へど　家をも言はず　ますらをの　行きのまにまに　ここに臥やせる

（巻九の一八〇〇）

訳　垣の内の麻を引いては干す妻。その妻が作って着せたのであろう白い服。その白い服の紐も解かぬまま、一重の帯を三重に結ぶほどに痩せ細ってしまったそなた……。苦しくともその任務を果たし、さぁこれから国に帰って父母にも妻にも逢おうと思いつつ、帰路についたであろうそなた。そのそなたは（鶏が鳴く）東の国の恐ろしい神の在す坂に、妻たちが丹精を込めた柔らかな衣服も今は寒々しく見えて、（ぬばたまの）髪も乱れて死せるそなたは、国を尋ねても国も教えてくれない。死せるそなたは、家を尋ねても家も答えてくれない。その士たるそなたが旅の途中に今、ここに横たわっている——。

この歌は、横死者が着ていた衣から、その家族のことを思いやる歌となっている。妻は、麻を植え、そして刈って干し、繊維を取り出して、糸を紡ぎ、機(はた)を織って、男に服を作って着せているに違いない。しかし、その衣を着た君は、一重の帯を三重に結ぶほどに痩せ細り、足柄峠を越えられずに、ここに倒れているというのである。死したる君の衣は寒々と見え、国や家を問うても答えてくれない、というのである。故郷に帰れば、父母も妻も待っているだろうにと、死者に同情し、共感する心が、この歌からも読み取れる。

ちなみに、足柄山が大きな難所であり、この難所を越えられない旅びともいたことを考え合わせると、郡司の妻の一人が、足柄の峠越えに言及して思いを馳せている理由もわかるのではなかろうか(七三頁)。

ふたたび防人歌の世界へ

漢字を学習した律令官人たちの地方赴任によって、都と地方が漢字によって結ばれる時代がやって来た。万葉時代は、漢字を通した大交流の時代であったといえるだろう。彼らは、それぞれの地方で交流を続け、地方の人びととも心の絆を築いてゆくことになった。防人歌や東歌も、そういった巨視的観点から読み直してゆく必要があるのである。

「サキモリ」とは、「先（サキ）を守る（マモル）」人のことである。つまり、岬のような陸地の突端に立って外敵がやって来るのを見張る人びとのことであり、彼らは、東国から筑紫に派遣されていた。彼らは、二十一歳から六十歳までの男子から徴発されて、難波まで引率され、そこから船によって、筑紫に赴いた人びとである。任期は三年で、毎年三分の一が交替していた。

『万葉集』に収められている防人歌は、合計九十八首で、巻十四の巻末に五首あり、巻二十には「天平勝宝七歳乙未の二月に相替りて筑紫に遣はさるる諸国の防人等が歌」八四首、「昔年の防人歌」八首、「昔年に相替りし防人歌」が収められている。天平勝宝七年（七五五）二月に交替して筑紫に遣わされた防人たちの歌のうち、作者名の明らかなものは、地名別にみると、遠江（七首）・相模（三首）・駿河（一〇首）・上総（一三首）・常陸（一〇首）・下野（一一首）・下総（一一首）・信濃（三首）・上野（四首）・武蔵（一二首）である。

防人は筑紫に派遣されるので、筑紫で歌われたと考えられがちであるが、そうではない。歌が集められたのは、難波なので、難波以西の歌は存在しないのである。主としてその歌々は、

- 故郷を出発する時の歌
- 難波津までの旅の途上の歌

・難波津に集結している時の歌

の三つに分けることができる。この難波津で、大伴家持は、防人たちと出逢い、仲間の協力を得て、これらの歌々を収集して記録したのであった。しかし、そのうちには、拙劣なる内容をもって、収載されなかった歌々もあったことが左注に記されている。この事実をもってすれば、防人歌は、東国の文学であると同時に、難波の文学であり、難波で彼らに接した官人、なかんずく大伴家持の影響を受けた人びとの文学と見なくてはならないのである。

天平勝宝七年（七五五）二月の冒頭の三首を見ればわかるように、それは、難波での望郷の文学ということができる。筑紫に遣わされる諸国の防人たちの歌で、作者の名は順に「長下郡の物部秋持」「麁玉郡の若倭部身麻呂」「山名郡の丈部真麻呂」と伝わる。

恐きや　命被り　明日ゆりや　草がむた寝む　妹なしにして
（巻二十の四三二一）

訳　畏れ多い畏れ多い勅命を受けて……明日よりは草と寝るのか、妻もいなくて――。

我が妻は　いたく恋ひらし　飲む水に　影さへ見えて　よに忘られず
（巻二十の四三二二）

訳 わが妻は、ひどく俺さまのことを恋い慕っているらしい……。飲む水に影までも映って、まったく忘れられない――。

時々の　花は咲けども　何すれぞ　母とふ花の　咲き出来ずけむ　（巻二十の四三二三）

訳 時々に花は咲くというのに、どうして母という花は咲き出してはくれぬのか――。

一首目は、妻と別れて一人で寝る苦しみ。二首目は、妻が自分を思うがゆえに、飲む水にその姿が映ると歌う妻恋い歌。三首目は、母に会えぬ苦しみを歌う母恋い歌である。もちろん、いさましく、難波津を出港する自分の勇姿を家族に見せたいと歌う歌もあり、防人歌といっても多様である（巻二十の四三二九、四三三〇）。けれども、冒頭三首に見たような妻や母を恋慕する歌々が、その大半を占めているということは間違いない。その意味で、防人歌は、家族愛の文学ということができるのである。

防人歌に対する誤解

戦争中に、戦地に駆り出された若者たちが、この防人歌を愛読したことは、よく知られている事実である。若者たちも、国のために愛する人びとと別れて戦地に赴いていたからだ。

そこから、戦後、防人歌は、無名の農民たちの国家への不服従の心を表現した抵抗詩のように喧伝（けんでん）されたことがあったが、それは明らかに誤った見方である（私の父の防人歌理解も、およそ、そのようなものであった）。一首目の作者は「国造丁（こくぞうてい）」、二首目の作者は「主帳丁（しゅちょうてい）」として国司の管轄下にある事務官として働き、氏を与えられて、その氏を名乗っている。姓は与えられていないようなので、いわゆる無姓者ということになるが、律令国家の地方官制に組み入れられていた官人なのである。そして、その歌々も、一部には方言が使用されているものの、宮廷で発達した短歌体のかたちを取っているのである。拙劣歌は除かれているにしても、収載されている歌のかたちは、そのほかの万葉歌とまったく同じである。したがって、防人歌は、むしろ、律令官人の都と地方との交流によって生まれた歌々であり、東国における宮廷文化の浸透を表象する文学なのである。

防人と共振する大伴家持

防人歌の収集をした大伴家持は、防人たちに接し、さらには防人たちの歌に接して、深くその立場に同情している。防人たちは、歌によって自らの心情を伝え、伝えられた心情に深く共感して、家持はその気持ちを表現する歌をいくつも残している。

▽防人たちの悲別（ひべつ）の心を知っての後に、わが心を痛んで作った歌（巻二十の四三三一）

▽公に口にしてはならぬ思いを述べる歌（巻二十の四三六〇）
▽防人たちの心のためにわが思いを述べて作る歌（巻二十の四三九八）
▽防人たちの悲別の心を表す歌（巻二十の四四〇八）

つまり、防人たちと家持の心と心の共振が起こっているのである。この共振によって、家持は、天平勝宝七年（七五五）の二月に交替して、筑紫に赴かねばならぬ防人たちの歌々を残したいという、宿願を持つに至ったのである。では、家持は、いったいどんな気持ちで、防人たちの歌を集めたのであろうか。具体的に、歌から読み取ってみよう。

大君の　遠の朝廷と　しらぬひ　筑紫の国は　敵守る　おさへの城そと　聞こし食す四方の国には　人さはに　満ちてはあれど　鶏が鳴く　東男は　出で向かひ　顧みせずて　勇みたる　猛き軍士と　ねぎたまひ　任けのまにまに　たらちねの　母が目離れて　若草の　妻をもまかず　あらたまの　月日数みつつ　葦が散る　難波の三津に　大船に　ま櫂しじ貫き　朝なぎに　水手整へ　夕潮に　梶引き折り　率ひて　漕ぎ行く君は　波の間を　い行きさぐくみ　ま幸くも　早く至りて　大君の　命のまにま　ますらをの　心を持ちて　あり巡り　事し終はらば　障まはず　帰り来ませと　斎瓮を床辺に据ゑて　白たへの　袖折り返し　ぬばたまの　黒髪敷きて　長き日を　待ちかも

恋ひむ　愛しき妻らは　　　　　　（巻二十の四三三一）

訳　大君さまの治める国のうちにあっても、遠い遠い筑紫の大宰府。その（しらぬひの）筑紫の国は、敵を見張る鎮めの城だ——。大君さまのお治めになる四方の国には、人が満ち満ちてはいるのだけれど、わけても（鶏が鳴く）東の男は、敵兵に向かっては後を顧みぬ、勇猛果敢なる兵士であると誉れがある。だから勅令のままに（たらちねの）母とも別れ、（若草の）妻の手枕をすることもなく、（あらたまの）月日を数えつつ、（葦が散る）難波の三津の湊に集結して、大船に櫂をたくさん通して、朝なぎに水夫を揃え、夕潮に梶を操って、声を合わせ、漕ぎ行く君たち……。その君たちは、波の間に押しわけてゆき、つつがなく早く筑紫に行き着き、大君の命のままに、士の心を持って、岬を巡って働き、その勤めを果たし上げたなら、つつがなく帰って来ておくれよと、お祀り用の壺を床辺に置き、（白たへの）袖を折り返して、（ぬばたまの）黒髪を敷いて、長い長い日を待ち乞うていようぞ、故郷のいとおしき妻たちは——（だから、私は、彼らに無事に帰ってほしいのだ）。

これに反歌二首が続く。

ますらをの　靫取り負ひて　出でて行けば　別れを惜しみ　嘆きけむ妻　（巻二十の四三三二）

訳　士が靫を背負って、出立したその時には、別れを惜しんで嘆いたであろうか。その妻たちは――。

鶏が鳴く　東男の　妻別れ　悲しくありけむ　年の緒長み　（巻二十の四三三三）

訳　（鶏が鳴く）東男の妻との別れ。その別れはさぞや悲しかったろう。年月の長さを思うと。

「防人が悲別の心を追ひて痛み作る歌一首」という題詞にある「悲別」とは、もちろん故郷と、その故郷の愛する人びととの悲しい別れのことである。「心を追ひて痛み作る」の部分は、難しいが、今は次のように解釈しておこう。それは、防人の歌に接してのちに、防人たちの心を追って、防人たちの心の痛みをわが心の痛みとして、この歌を作ったとの解釈だ。この題詞を大伴家持自身がつけたのか、それとも巻二十の編纂者がつけたのかは、にわかに判断できないが、歌の内容と隙間なく合致していることは間違いない。

筑紫の大宰府は、外敵侵攻を防ぐ重要な城であり、誰かが守る必要があるのだが、とりわけ勇猛果敢な東国の男たちが選ばれて、大君の命を受けることとなった。しかし、そのために彼らは、母親や妻とも別れて、難波に赴き、そこから船に乗ってゆく。防人たちよ、士の心をしっかりと持って勤めを果たし終えたなら、無事に帰ってほしいと家持は歌っている。

この最後の部分は、家持が防人たちの家の様子に思いを馳せているところである。「斎瓮（いわいべ）」とは、妻たちが夫の無事を祈る祭祀（さいし）を行なうための水や酒を入れる土器のことであり、袖を折り返して寝るのは、夫の夢を見るための呪術（じゅじゅつ）である。彼女たちは、必死に祈り、そしてせめて夢の世界で夫たちに逢おうとしているのだ。だから、無事に帰ってほしい。彼らの、辛（つら）い辛い別れのことを考えると、ということなのである。家持は、以上のごとくに防人たちとその家族たちの痛みを想像しているのである。他者の痛みを他者のみのものとせず、わが痛みとする家持の歌の心は、防人たちの歌を読むことによって巻き起こった感情なのであった。

歌による交流がなされ、書かれた歌を読むことによって、一つの感情が共有されているといえるだろう。こういう心の交流と感情の共有のなかから、防人たちの歌々も生まれ、それが筆録されて残っている、と考えてよいだろう。歌が個々人の心情を表現する器となり、その時々の歌を集めて歌集を作ることによって、過去に存在した感情を記録しようとする。これが、歌によって感情の歴史を残す「歌集誕生」の契機となるということは、すでに述べたところである（一一二〜一一四頁）。

東歌の世界

じつは、東歌も、同じように、都との交流のなかで生まれた歌々なのであって、東国の農民の民謡であるという考え方は、すでに過去のものになりつつある。そもそも、「民謡」という概念と用語は、ドイツの民俗学から輸入されたもので、明治時代の後半から、日本に定着した考え方である（品田悦一「東歌・防人歌論」）。したがって、「東歌」といっても、東国に関わる歌とのみ考えればよいのであって、東国に住む人びとの歌だけではなく、東国を旅した人びとの歌々も含まれていると見てよいのである。巻十四は、その一巻全体が東歌の巻であるが、東歌を代表する歌として、次の五首が、巻頭に掲げられている。順に「上総国の歌」「下総国の歌」「常陸国の歌（二首）」「信濃国の歌」である。

夏麻引く　海上潟の　沖つ渚に　船は留めむ　さ夜更けにけり

（巻十四の三三四八）

訳（夏麻引く）海上潟の沖の洲に、今日は船は留めようぞ……。夜も更けてきた——。

葛飾の　真間の浦廻を　漕ぐ船の　船人騒く　波立つらしも

（巻十四の三三四九）

訳 葛飾の真間の浦辺を漕ぐ船。その船人たちが今騒いでいる――。波が立ってきたらしい……。

筑波嶺の　新桑繭の　衣はあれど　君が御衣し　あやに着欲しも

（巻十四の三三五〇）

訳 筑波嶺の新桑繭の衣はあるけれど……あなたのお召し物が無性に着たい私です――。

筑波嶺に　雪かも降らる　いなをかも　かなしき児ろが　布乾さるかも

（巻十四の三三五一）

訳 筑波嶺に雪でも降ったのかなぁー、いや違うかなぁ……。いとしい、いとしいあの娘が布を晒しているのかなぁ――。

信濃なる　須我の荒野に　ほととぎす　鳴く声聞けば　時過ぎにけり

（巻十四の三三五二）

訳 信濃にある須我の荒れ野に、ほととぎすの鳴く声を聞くと……、どうやらかの時節がやって来たらしいぞ――。

都の言葉では「ヌノ(布)」とあるところを「ニノ」というなど、一部方言に基づく表現もあるが、歌自体は、まったく畿内の歌々と変わるところはない。

もちろん、東歌には、一部方言が用いられ、さらに発想形式に転換方式と呼ばれる特徴的なものがあるのも事実である。しかし、そういった特徴は、歌が集められた時点での東国での流行と見て差し支えないものである。すると逆に、こう考えるべきかもしれない。それは、律令官人によって伝えられた短歌形式の歌々が東国において独自の発展を遂げて流行していた、という見方である。歌に方言が残っているのは、方言を取り入れることによって、地方色を出す演出ということもできよう。そう考えなければ、東歌に方言が含まれる歌と、方言を含まない歌とが共存している事実を、うまく説明できないのである。

西から東へと広がる文化

したがって、なぜ東国関係歌だけが、一巻にまとめられるのかという問題は、都の人びとにとって、東国がどのようなイメージを喚起する場所であったか、という観点から考えねばならない。東歌には、どこの国の歌かがわかる歌々と、わからない歌々とが収められている。国が判明する歌々を「勘国歌(かんこくか)」、国が判明しない歌々を「未勘国歌(みかんこくか)」という。内訳を見ると、「勘国歌」は九〇首、「未勘国歌」は一四〇首を数える。それらの歌々が、雑歌・相聞・挽歌の三大部立(ぶだて)によって分類されているのだが、勘国歌のところには、

遠江　駿河　伊豆　相模　武蔵　上総　下総　常陸　［東海道］
信濃　上野　下野　陸奥　［東山道］

の十二ヶ国の国々の歌々が収められている。これが、『万葉集』の東歌の範囲なのである。したがって、『万葉集』の東歌の範囲は、東海道は「遠江国」以東、東山道は「信濃国」以東ということになる。ただし、「東国」という言葉の使い方は、一様ではない。このほかにも、

i　東海道と東山道の国々全体をいう場合（広義）
ii　鈴鹿・不破の関以東をいう場合（広義）
iii　足柄峠・碓氷峠以東をいう場合（狭義）

などを「東国」と称する場合もある。iは律令国家の国郡制を踏まえた認識であり、iiは同じく律令国家の関を境とする認識に基づくものである。対してiiiは、旅の難所を強く意識した考え方で、徒歩の旅の実感に基づくものであろう（今日でも、東西の移動を「箱根の関を越える」「箱根の山を越えない」という言い方をする場合がある）。しかし、i ii iiiを対立する概念

北陸道
越後
陸奥
下野
白根山
男体山
上野
久路保の嶺
赤城山
伊香保の沼
榛名山
東山道
安蘇の川
赤見山
安蘇
伊香保嶺
新治
常陸
手綱の浜
多胡の入野
多胡の嶺
筑波嶺
師付の田居
埼玉の津
小埼の沼
鳥羽の淡海
信濃
武蔵
東海道
浪逆の海
雲取山
葛飾の真間
鹿島の崎
下総
入間路
三宅の潟
甲斐
千葉の野
多摩の横山
海上潟
相模嶺
富士の高嶺
相模
足柄山
上総
足柄の御坂
駿河
箱根の山
土肥の河内
余綾の浜
見越しの崎
美奈の瀬川
馬来田の嶺
安房
伊豆

図6　東海道と東山道

とばかり考えてはならない。旅びとが都から東下すれば、ii→iiiの順に境を実感するはずだ。逆に東国から都に上ればiii→iiというように、順次東西の境を意識してゆくことになったはずである。

ではなぜ、遠江国と信濃国より以東の歌が集められたのであろうか。おそらく、都びとにとって、東の遠い国というイメージが、遠江、信濃の両国以東の国々に強くあり、そして、それらの遠い東国の国々に対する関心が、万葉時代に高まったからであろう。私は、東国への関心が高まった理由を、次のように考えている。一つ目の理由は、防人が難波に集結し、東国との交流が盛んになったことが考えられる。もう一つの理由は、日本の古代社会には、文化は西から東下するという意識、つまり、大陸と近い西から、文化は伝来するという意識が強かったからである。実際にも、西日本諸地域は東日本諸地域に比べれば先進地域であった。

神武東征伝説も、考えてみれば、西から東へ向かう貴種（尊い血筋の子）の旅物語である。陸奥よりも東には、大和朝廷の支配下に入らない蝦夷がおり、西を既知の国々とすれば、東は未知の国々というイメージが強かったのである。ちなみに、『古事記』『日本書紀』のヤマトタケルの話は、西征は知略をもって強敵を倒すも、東に行くほどに苦戦する。まさしく、東は未知の国のイメージなのである。東国の後進性が、逆に都の人びとにとって未知の国というイメージを増幅させたのであろう。これは、平安時代初期の『伊勢物語』の東下りにも

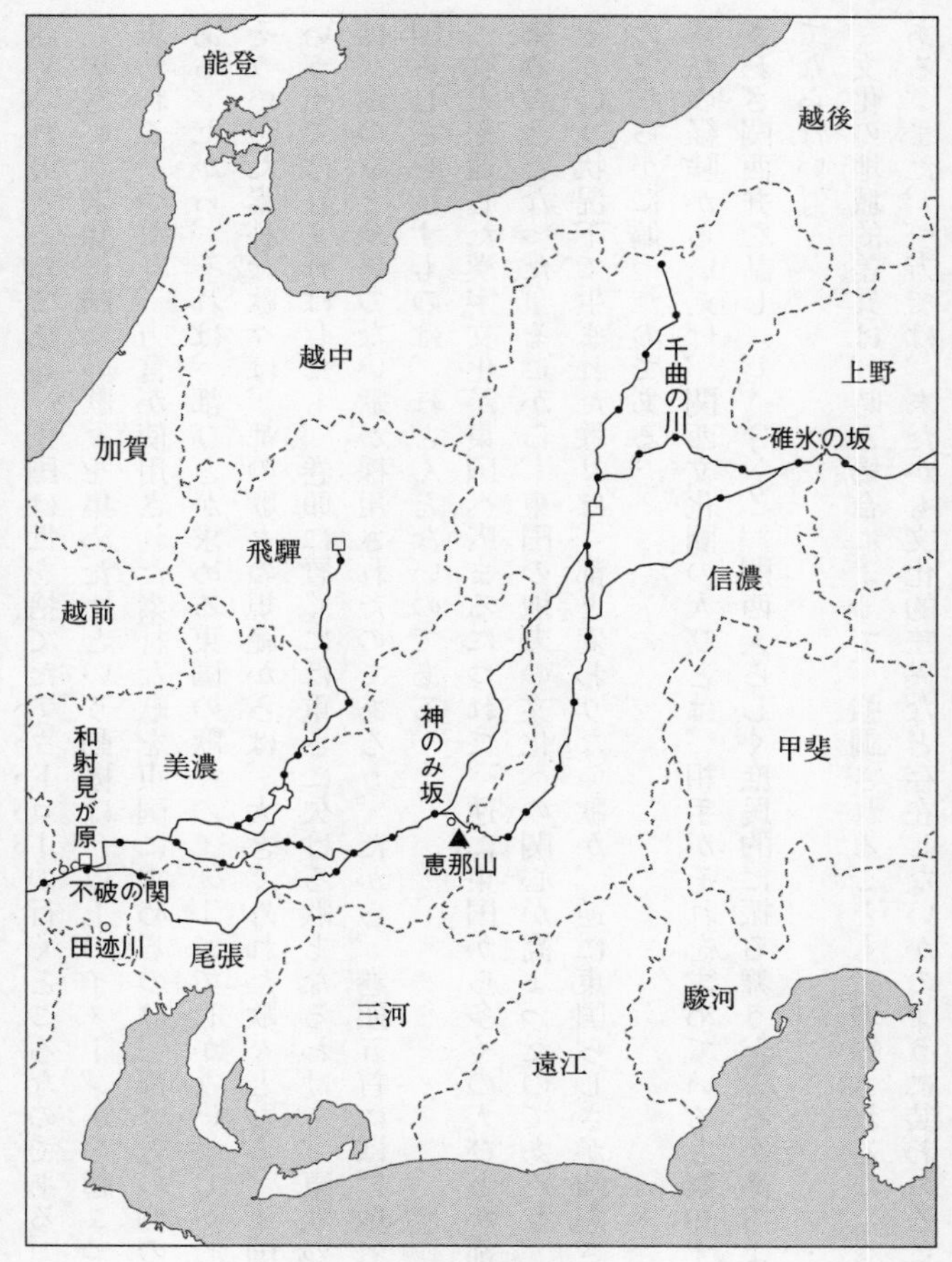
能登
越後
越中
千曲の川
上野
碓氷の坂
加賀
飛騨
信濃
越前
神のみ坂
甲斐
和射見が原
美濃
恵那山
不破の関
田跡川
尾張
三河
駿河
遠江

図7　東国

認められるところである。東国は世を捨てたアウトローの行くところなのである。

そういう未知の国々の歌々を集めたいという動機は、以上のイメージから起こったものと思われる。つまり、方言が使用された素朴な歌を東国に求めるのは、都びとの側の方なのである。だから、それは、都びとが求める東国の歌々のイメージでしかない。しかしながら、そういった素朴な歌々は、都の歌々の規範からは、大きく外れた歌々となる。東国らしいという点では好まれはしても、巻頭に置くには重さに欠ける歌となるわけで、東歌の巻頭五首は、都の歌と差異のない歌が採用されたのであろう。だから、巻頭五首には、地名以外に東国らしさを示すものは、ほとんどないのである。

官人を通した漢字文化が東国へ広まるにつれて、逆に東国から多くの人びとが都にやって来ることとなった。そこから、東国の地方の文化への関心が高まったのであろう。だから、そういう状況下で生まれた歌々は、都と変わりない歌か、逆に東国らしさが強調された歌かのどちらかに偏ったのである。

私の経験からいえば、関西文化圏の人びとは、相手がそれを求めていると察知すると、わざわざ関西弁を話し(しゃべくり)、関西人らしく庶民的に振る舞うところがあるように思えてならない。

文化の地域的差異は、時と場合によって、強調されることも、増幅されることもあるのである。また、一方では、あたかも文化的差異など存在しないかのように装われることもあるから、油断ならないのである。これらの文化的差異の増幅と無化の二極化については、近年の文化人類学のエスニシティー論（社会のなかで、自己の民族文化をどう意識し、発信しているかを問う研究）からも、裏付けられているところである。

陸奥国の歌

そこで、本書では、東国のなかでも道の奥、すなわち「陸奥国」の東歌を取り上げて解説しておこう。

会津嶺の　国をさ遠み　逢はなはば　偲ひにせもと　紐結ばさね　（巻十四の三四二六）

訳　会津嶺の国が遠くなって……逢えなくなったら偲び草にしよう。だからね、この紐を結んでおくれな――。

筑紫なる　にほふ児故に　陸奥の　香取娘子の　結ひし紐解く　（巻十四の三四二七）

訳　筑紫にいるという絶世の美女のために、陸奥の香取娘子の結んでくれた紐を解いてしまうことになるのかなぁ……（そいつはよくないかぁ？　まいった。まいった）。

安達太良の　嶺に伏す鹿猪の　ありつつも　我は至らむ　寝処な去りそね

（巻十四の三四二八）

訳 安達太良の峰で伏す獣のように、こうして絶えず俺さまは逢いに来るだろうよ。寝床から離れないでおくれよ（俺さまはきっと逢いにゆくからね）。

一首目の会津嶺は、会津でいちばん高い山、ないしは会津を代表する山をいうのであろうから、磐梯山（福島県猪苗代町・磐梯町・北塩原村にまたがる山）などが想定されるが、特定することはできない。「逢はなはば」は「逢えなくなったとしたら」の意味であるが、ここは東国方言での表現。続く「偲ひにせも」も同じく東国方言による表現である。都びとなら「逢はざらば　偲ひにせむ」と表現するところだろう。この歌は、故郷の会津から離れる際の歌である。

そして、歌の背景には、男女間で紐を結ぶ習俗があったことを忘れてはならない。古代において恋人同士が共寝をして別れる際に、女が男の衣の紐を結ぶ習俗が存在していたようなのである。その紐は、基本的には再会の時まで解かないしきたりになっていたから、男性が旅をする場合には、貞操の証ともなるものであったようだ。もちろん、自然に解けてしまうこともあるだろうから、その場合には、相手が再会を強く望んでいるので自然に解けたとか、

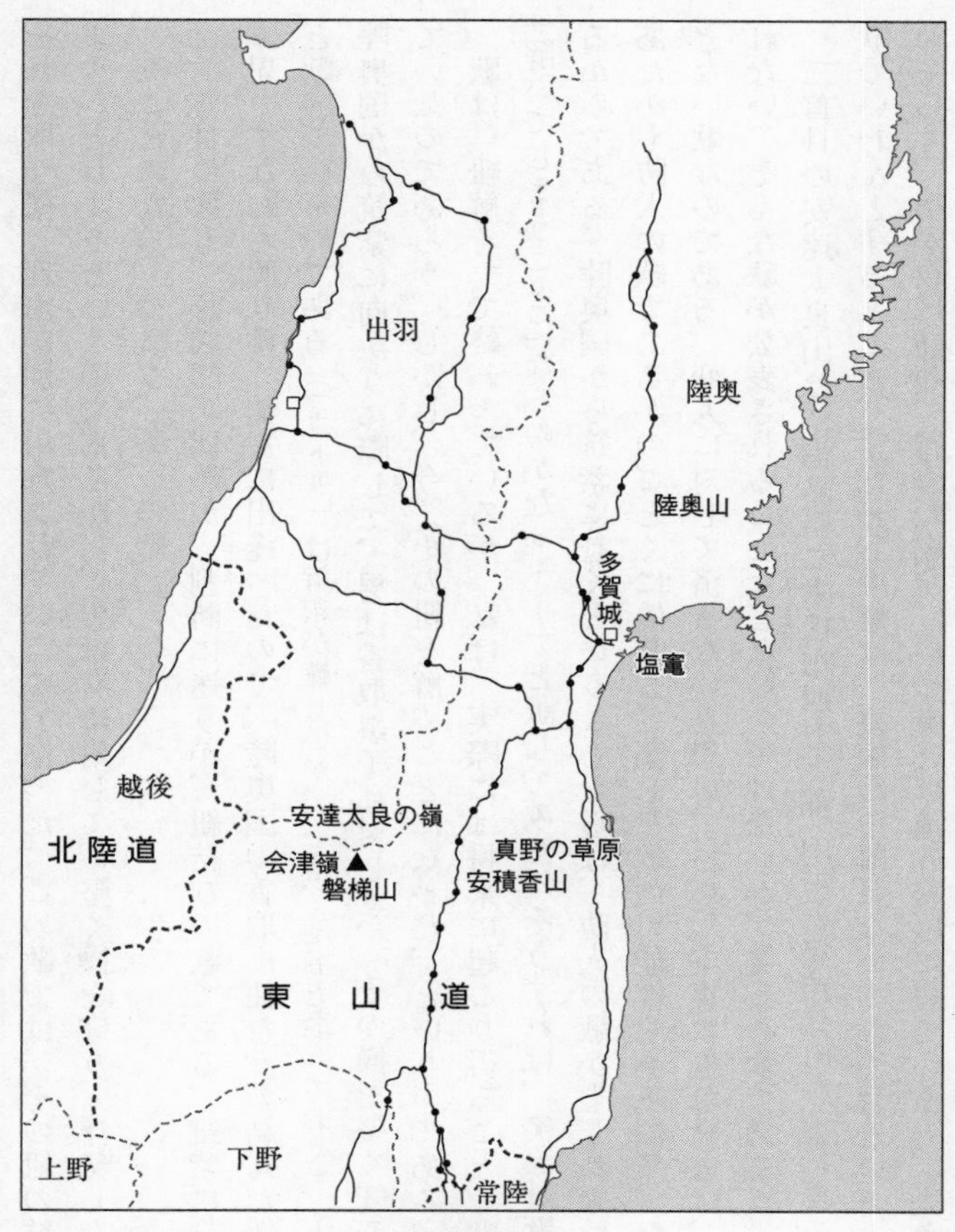

図8　陸奥

それを取り繕う理由が別に用意されていたのであった。この歌では、その紐の結び目を見てよすがとしようというのであるから、男は女に対して、堅く操を守り、浮気しないことを誓ったことになる。つまり、誓いの歌だ。

二首目の歌も、意図的か偶然か、判断に迷うが、紐結びの歌である。筑紫に赴いて「にほふ児」すなわち照り輝く美女に出逢ったので、陸奥国の香取に住む女の結んだ紐を解くのだと歌っているのである（「カトリ」は解釈が難しいが、一応、地名と取っておく）。ということは、陸奥国から筑紫に向かうに際して、男は香取娘子に対して、「その操を堅く守るよ」と誓っていたのであろう。しかし、今、その紐を解くことになった、というのである。

歌は「紐解く」で終わっているが、私は、実際には将来に起こり得ることを歌ったと見て、「解いてしまうことになるのかなぁ……」と訳してみた。そうすれば、笑わせ歌として読めるからである。陸奥国から筑紫に赴くということならば、防人の歌かもしれない。しかし、あたかも防人の歌であるかのごとくに偽装して楽しむ歌の可能性もあるので、軽々に判断できない歌なのである。恋人に対して済まないと思い、自らの不貞に悩む歌とは、私には思われない。そんな歌が公表されることなどないのではないか。笑わせ歌であろう。

三首目の安達太良山は、福島県二本松市西方、郡山市と猪苗代町の境にある山である。歌のいわんとするところ、すなわち主意は、寝床から離れないでおくれというところにある。おそらく、男が夜に訪ねて行った場合、いつもとは違う寝屋に寝ていると、大きな間違いを起こす可能性があるから、いつもの寝屋で、いつもの寝床で寝ていてくれというのである（喜劇のパターンでいえば、朝、昨日抱いた女の顔を見たら、なんと別人であったという話となる）。そこに、一種の露骨さがあり、その露骨さにこそ、歌の遊び心がある。では、男はどのように、女のもとに通ってゆくかといえば、安達太良山の峰で伏す獣のようにと歌っているのである。では、その獣のようにとはどのようになのか。解釈案は二つあって、一つは、獣は同じ場所で毎夜寝るから、そのように毎夜毎夜、ずっとずっと、という序となるのだという解釈案。もう一つは、夜行性の獣は夜な夜な現れるから、毎夜毎夜、ずっとずっと、と解釈するかの二案である。今、この判断は読者にゆだねようと思う。なぜならば、解釈案をめぐって思案するのも、歌を学ぶ醍醐味の一つであるからだ。

万葉歌の北限

「陸奥国」といえば、現在の福島、宮城、岩手、青森も含まれるが、東歌の陸奥国の歌は、前掲の三首が、ほぼ北限と考えてよい。『万葉集』全体で見ると、さらに北の「陸奥の小田なる山（宮城県涌谷町）」（巻十八の四〇九四）も見えるが、これは越中国（富山県）で歌われた歌である。したがって、この三首あたりが、実質的な万葉歌の北限と見てよい。おそらく、それよりも北となると、蝦夷と対峙する地であり、地名すらも思い浮かばぬ未知の土地であり、東歌の圏外になるのであろう。つまり、宮廷文化に源を発する五・七・五・七・七の短歌体が、蝦夷支配地には、まだ浸透していなかったのであろう。その万葉歌の北限に住む陸奥国の人びとも、筑紫の美女に思いを馳せていたのである。歌の大交流時代が、すでに出現していたのである。律令国家の出現は、漢字による大交流時代の出現をかくのごとくに、もたらしていたのである。

地方文化への関心の高まり

都から地方に赴任した律令官人たちは、当然、その地の人びとと交流し、地方の文化に触れることになる。しかも、彼らは、さまざまな漢字の書記法を駆使して、ご当地ソングというべき歌々を書き残すことができるようになっていったのであった。そういう大交流時代の産物として、私たちは、防人歌や東歌の出現を観察してゆく必要があるのである。防人歌の場合は、大伴家持という一人の律令官人の、防人たちに対する強い思いが、一つの歌集を形成させる原動力となっていた。それに対して、東歌の場合は、おそらく都びと全体の東国文化への関心の高まりが、歌集を誕生させる原動力になっていたのであろう。

もちろん、地方文化への関心の高まりは、単に東国のみに留まらない。遠くの地域の文化を知りたいという欲求が原動力となって収められたとおぼしき歌々が、巻十六に伝わっている。

四首挙げよう。順に豊前国(ぶぜんのくに)の海人(あま)の歌、豊後国(ぶんごのくに)の海人の歌、能登国(のとのくに)の歌（三首のうちの二首）である。

豊国の　企救の池なる　菱の末を　摘むとや妹が　み袖濡れけむ　（巻十六の三八七六）

訳 豊国の企救の池にある菱の実。その菱の実を摘もうとしたおまえさんは……袖を濡らしたのかい。

紅に　染めてし衣　雨降りて　にほひはすとも　うつろはめやも　（巻十六の三八七七）

訳 紅に染めた衣は……雨に濡れ、色濃くはなっても、うつろうことなどあろうや（私の恋心はうつろうことなどあるはずもないよ）。

梯立の　熊来のやらに　新羅斧　落とし入れ　わし　あげてあげて　な泣かしそね　浮き出づるやと　見む　わし　（巻十六の三八七八）

訳 （梯立の）熊来の沼に新羅斧を落とし込んでしまったぞ（ワシ）。しゃくり上げてしゃくり上げて泣くではないぞ。浮かび出るかもしれんぞと、見てやろうじゃないか

（ワシ）。

梯立の　熊来酒屋に　まぬらる奴　わし　さすひ立て　率て来なましを　まぬらる奴
わし

（巻十六の三八七九）

訳（梯立の）熊来酒屋で叱られている奴さんよー（ワシ）。誘い出して連れて来てやれればよいのだが、叱られているあの奴さん……（ワシ）。

「豊前国」は、現在の福岡県東部と大分県の北部に存在した国である。これに対して、「豊後国」は、北部を除く大分県全域と考えてよい。豊前も豊後も、西海道諸国の一つである。つまり、「豊国」があり、「豊前」と「豊後」とに分かれていた、と考えればよいのである。「豊国」は、ヤマト言葉でいえば「トヨクニ（豊国）」となる。「企救」は、現在の北九州市の一部と考えてよく、瀬戸内を船で下った場合、ここから大宰府に向かうことになるので、交通の要衝であった。

「海人」とは、漁労に従事する人びとのことである。菱は、食用のために、池に入ってその実を摘むのであるが、それは女性労働であった。だから、この豊前国の歌は、男が女に気遣いを見せる歌ということができる。おそらく、男は言外に、自分に食べさせるために、女が池に入って袖を濡らしてくれたことへの感謝の気持ちを表しているのだろう。もちろん、その感謝の気持ちは、恋情ともつながっているはずである。さらにいえば、袖を濡らしたのは、菱を摘むためではなくて、俺のことを恋しく思って泣いてくれたからなのかい、と言外に表現しているのではなかろうか。

対する「豊後国の海人」の歌は、どんな歌かといえば、紅染めの衣を歌った歌である。ベニバナを材料とする紅色は、退色しやすいという性質があり、これは、奈良時代の人びとにとっては常識であった。だから、万葉歌にもよく紅色の退色が歌われている（巻十八の四一〇九）。もちろん、雨に濡れれば、一時的に光沢が出て色は増すというものの、その後には必ず退色が進むはずである。常識的にいえば、そうなる。だとすれば、この歌の表現は間違っていることになる。あり得ないことだからだ。

では、なぜ歌でそういう主張をしたのだろうか。おそらく、いわんとするところは、雨に濡れて退色しない紅染めなどないけれど、この紅染めだけは違うというところにある。つまり、自分については、例外だといいたいのである。これを恋歌として読めば、私の気持ちは、どんなに試練（雨）があったとしても絶対変わらない。変わらないどころか、むしろ試練によって逆に恋心はますます強固なものになります——といっているのである。

つまり、永遠の愛を誓う歌といえようか。

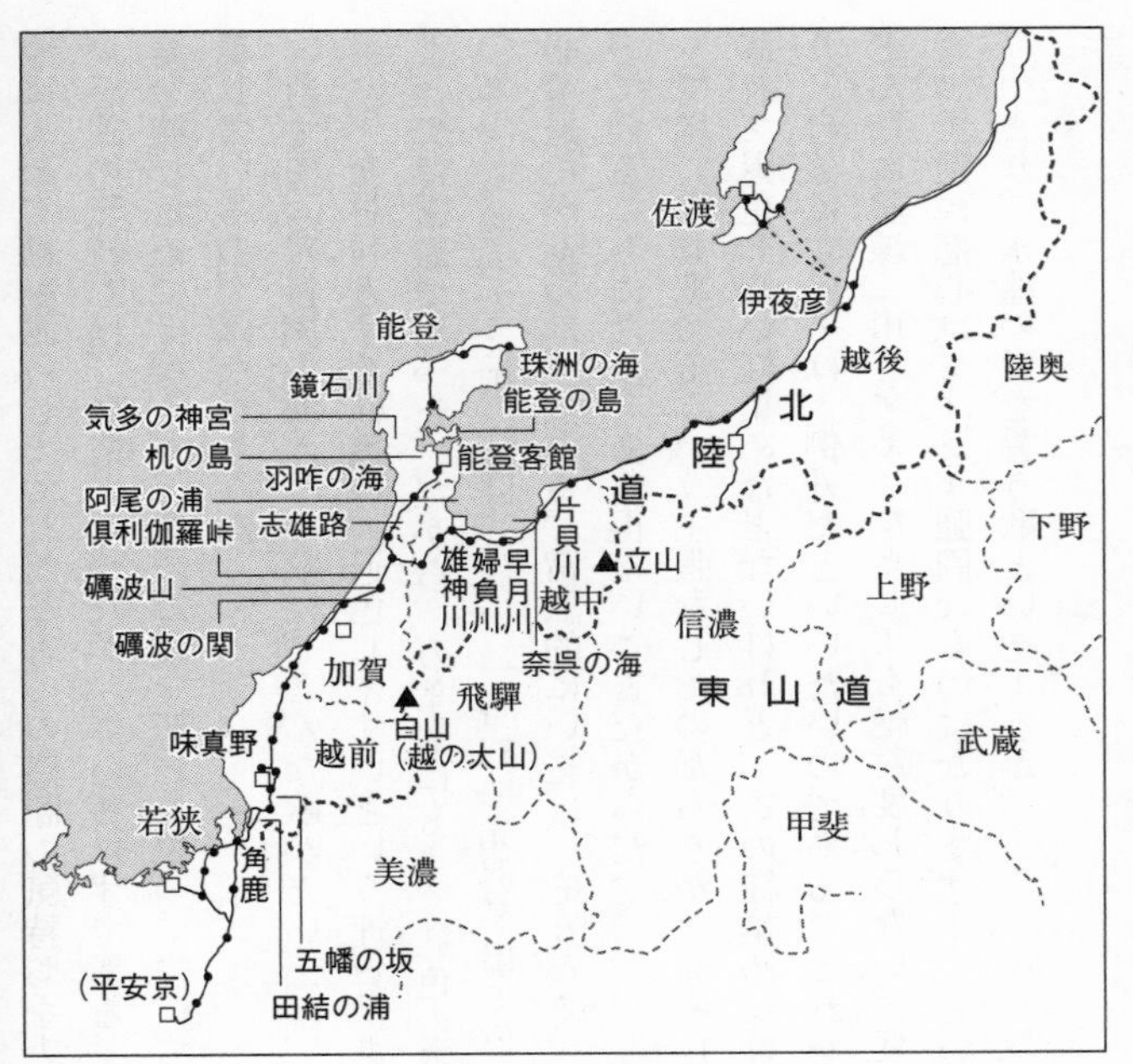

図９　北陸道

能登国の歌

続く能登国の歌（一二五〜一二六頁）は、どんな歌だろうか。本書では、三首のうちの二首のみを解説する。能登国は、現在の石川県の北部で、能登半島をイメージすればよい。第一首目は、愚か者を笑う歌である。こんなことも知らない愚か者がいたという寓話があって、それを歌で語った歌である。新羅斧がどのような斧であったかは不明だが、新羅からやって来た舶来の斧か、特定のタイプの斧を新羅斧と呼んでいた可能性がある。話は、斧が浮かび上がると思っている愚か者がおり、その愚か者をからかって、どれどれ浮かび上がってくるかどうか、見てやろうというのである。「ワシ」は、一種の囃し言葉で、現代語の「わっはは」「わっしょい」などという笑いを表現する修飾句につながる言葉である。おそらく、歌と歌にまつわる言い伝えの二つを同時に採集して、記録したのであろう。その両方が、『万葉集』に収載されているのである。

二首目の歌は、現在では石川県七尾市の一部となる熊来という土地にあった「酒屋」に関する歌である。「酒屋」といっても、酒を売る店ではなく、ここでは、醸造をするところをいうので、酒蔵、蔵元と考えておけばよいだろう。「梯立の」は枕詞で、高床式の倉には、梯子を立てて登るところから、「倉」にかかる枕詞であるが、ここでは「クラ」ではなく「クマ」にかかっている。「まぬらる」は難しいが、能登国の方言と見たうえで、罵られると解釈するのが通説である。「さすひ」は「さそい」であろうが、これも方言と見られる。

つまり、こんなことを歌っているのであろう。熊来の酒屋にいる使用人が、なんらかの理由で主人から怒鳴られ、罵られていた。可哀そうだから、誘い出して連れ出してやったらよかったが……。それができなかった。申し訳なかったなぁ、あんなに叱られて、ということなのであろう。

ご当地ソングか否か

この熊来酒屋の歌にも「ワシ」という囃し言葉が使われている。両歌は、五・七・七・五・七・七の旋頭歌（せどうか）のかたちで、歌の区切りと句の関係も、ほぼ同じである。おそらく「ワシ」という囃し言葉が、能登歌以外に見られないことを勘案すれば、能登国で流行していた旋頭歌の歌い方であった可能性が高い。もちろん、旋頭歌という歌のかたちも、短歌と同様に、都の宮廷文化から生まれたものであるが、旋頭歌に「ワシ」という囃し言葉を入れて囃し立てて歌うのは、「能登国風」と見られていたのではなかろうか。

そうすると、歌の中に、能登国の地名が歌い込まれていることも、きわめて重要なことだといわざるを得ない。つまり、地名こそが、ご当地ソングの証となる重要な指標になるといえる。歌のかたちは、都と同じ旋頭歌であっても、囃し言葉が入るところは能登国風で、さらに能登の地名が入っているとなれば、まさしく「能登国歌」という認定を受けることができるのである。ただし、解説をした二首が本当のご当地ソングであったのか、それともご当地ソングを装った歌であるのか、その判断は難しい。

いえることは、「能登国歌」として、巻十六に収められているということだけである。

筑前国の志賀の海人の歌

われわれは陸奥から豊前・豊後へ、さらに能登国へと万葉の旅を続けてきたわけであるが、

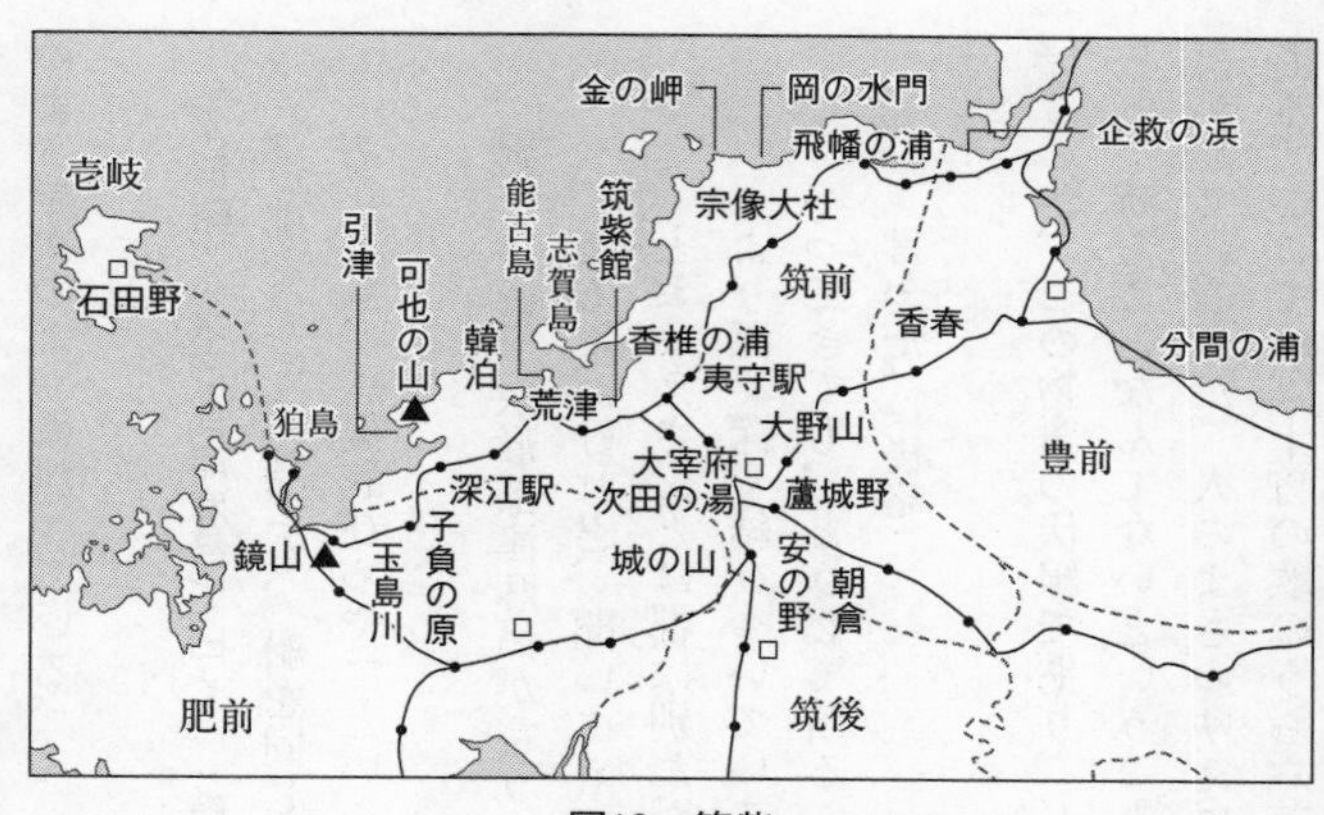

図10　筑紫

今度は筑前国へと足を運ぼう。筑前国は、現在の福岡県東北部である。その筑前国の「那の大津」すなわち博多湾の東の入り口にあたるのが、金印で有名な志賀島である。志賀島の海人たちは、漁労・製塩・海運に従事していたが、その志賀島の海人の一人に、荒雄という人のよい男がいた。

お人よしの荒雄は、宗像郡の宗形部津麻呂という男から、こう頼まれたのであった。「大宰府の役人さまからね、対馬に食料を運ぶ仕事を命じられたのだが、年老いた俺には無理なんだ。代わってくれないか」と。こうして、荒雄は、現在の長崎県五島列島福江島の三井楽町から、対馬に向かうことになったのであったが、天候われに味方せず、荒雄は海中に没してしまったというのである。以上が、「筑前国の志賀の白水郎が歌十首」の左注に示された話のあらましである。じつは、この左注は、一つの物語になっていて、荒雄の人のよさを次のように語っている。

(前略)(宗形部津麻呂)曰く、「僕小事有り、若疑許さじか」といふ。荒雄答へて曰く、「走郡を異にすれども、船を同じくすること日久し。志は兄弟より篤く、殉死することありとも、豈復辞びめや」といふ。(後略)

訳 (前略)宗形部津麻呂が言うには、「おまえさん、俺からちょっとしたお願いごとがあるんだけれど、聞いてもらえまいか」という。荒雄が答えて言うことには、「俺とおまえさんとは郡は別だが、同じ船で長く航海したね。だから、情の上では兄弟より深く深く結びついている。もしも、おまえさんが、この俺に殉死してくれと言ってきても、どうして断ることなんてできようか。断ることなんてできないよ」と言った。(後略)

ここが、この物語の伏線であり、じつに泣かせるところである。つまり、荒雄の性格からして、断ることなんてないということを知ったうえで、危険な仕事を頼んだとわかるように書かれているのだ。人のよさのゆえに、命を落としたという泣かせる語りになっているのである。ここでは、十首の歌のうち六首を挙げておこう。

大君の　遣はさなくに　賢しらに　行きし荒雄ら　沖に袖振る　（巻十六の三八六〇）

訳 大君さまの仰せでもないのに、わざわざ志願して海に行った荒雄は……沖で袖を振っているだろうか。

荒雄らを　来むか来じかと　飯盛りて　門に出で立ち　待てど来まさず　（巻十六の三八六一）

訳 荒雄がいつ帰って来るかと、飯を盛って門に出て立って待っているのに……荒雄は帰っては来ない。

志賀の山　いたくな伐りそ　荒雄らが　よすかの山と　見つつ偲はむ　（巻十六の三八六二）

訳 志賀の山の木をたいそう伐らないでくれよ。荒雄の思い出の山だと見て偲ぶのだから。

荒雄らが　行きにし日より　志賀の海人の　大浦田沼は　さぶしくもあるか

（巻十六の三八六三）

訳 荒雄が出て行ったその日から、志賀の海人の大浦田沼を見ていると……さびしくてさびしくてならない。

官こそ　差しても遣らめ　賢しらに　行きし荒雄ら　波に袖振る　（巻十六の三八六四）

訳 官命が下ったのならともかくも……自ら志願して出て行った荒雄は、波間で袖を振っているのであろう。

荒雄らは　妻子が産業をば　思はずろ　年の八年を　待てど来まさず　（巻十六の三八六五）

訳 荒雄は、妻子たちの暮らしのことも考えずに出て行ったのか。八年が過ぎても、荒雄は帰って来ない。

まさに左注は物語で、歌は残された者たちの嘆き声となっている。これを、その心情に即して摘記すると、

▽天皇の命でもないのに、荒雄は行ってしまった。家族たちはまだ、荒雄のために飯を盛って待っているぞ。
▽志賀の山の木は荒雄を偲ぶよすがだから伐らないでおくれ。
▽志賀の大浦田沼も荒雄ゆかりの地だから見るとさびしい。
▽官命でなく友だちの頼み事で荒雄は行ったのだ。
▽荒雄は八年も帰って来ない。荒雄は妻たちの暮らしを考えずに行ってしまったのだろうか。

となろうか。左注の最後には、

そこで、妻子たちは子牛が母牛を慕うような恋慕の情に耐えきれず、この歌を詠んだのであった。あるいは、筑前国守の山上憶良が妻子の悲しみにわが悲しみとして同情し、心中の思いを述べてこの歌を作った、とも伝えている。

とあり（拙訳）、これが妻たちの歌か、それとも憶良が妻たちの悲しみを、わが悲しみとしてなり代わって作ったのか、伝えが二種あったように書かれている。一般的には、志賀島の海人の歌十首は、憶良の歌として理解されているが、実際にわれわれの前にあるものは、あくまでも海人の歌である。おそらく、憶良が仮に海人たちに代わって作った歌であったとしても、この十首から憶良の心情だけを取り除くことは不可能である。なぜならば、すでに志賀の海人と憶良は一体化してしまっているからである。

おそらく、都でこれらの歌々を読み、荒雄に関する物語に接した人びとは、「人のよい人ほど不幸になることもあるね」「親しい友人からいわれると断れないこともあるよね」「残された妻たちの困窮やいかに――」というように同情したことだろう。こういったかたちで、地方の物語や歌が、都に届けられ、都の人びとは、筑前国志賀島の荒雄のことを思いやったのである。地方の歌や物語が都に伝われば、都びとも地方に関心を寄せる。官人の地方赴任による交流によって、こういう循環が、すでに起こっていたのであろう。私が、『万葉集』に、京と地方をつなぐ文学としての性格があるといったのは、こういう状況を勘案してのことなのである。次に、京と地方をつないだ女性たちについても考えてみよう。

采女の人生

采女(うねめ)という女官は、宮廷社会において、一種の雑用をこなす女官で、けっして上位者ではないが、それは宮廷の花のごとき存在であった。彼女たちは、地方豪族の娘たちであったが、のちには郡司の娘たちが出仕することになる。彼女たちには、容姿端麗が求められ、宮廷社会には、各地の豪族、郡司の娘たちが集って来た。采女のなかには、天皇の寵愛を受けて、皇子を産む者もいた。天智天皇の皇子である大友皇子（六四八〜六七二）、志貴皇子（?〜七一六）の母は、采女である。彼女たちは、都で天皇の宮に奉仕したのちに、どのような人生を歩んだのであろうか。采女たちの一部は、当然、帰郷したものと思われる。つまり、Uターンである。彼女たちは、都の文化を身につけて帰って行ったものと思われる。こんな歌が巻十六に伝わっている。

安積山　影さへ見ゆる　山の井の　浅き心を　我が思はなくに

（巻十六の三八〇七）

訳　安積山の影さえも見える、山の井のように浅い浅い心で、わたくしめはお慕い申し上げているわけではございません（深い深い心で思っているのでございます）。

この歌には左注があり、現代語訳すれば次のようになる。

右の歌については、次のような伝がある。その昔、葛城王（のちの橘諸兄）が陸奥国に派遣された時に、その国の国司の接待が、甚だしく無礼なことがあった。ために王は気分を害し、怒りの心がその表情にも表れた。酒食を設けて饗応しても、王は少しも楽しまない。その時、以前、都で采女をしていた者がいて、その者は風流を解する女性であった。その者が、左手で酒を献じ、右手に水を持って、王の膝をたたいて、この歌を歌ったという。するとたちまちのうちに王の気持ちは和み、終日楽しく飲んだ、という。

舞台は、陸奥国である。安積山については二説あるが、どちらにせよ陸奥国の安積郡にあった山と考えておけばよい。ほぼ福島県の中央部である。葛城王が、この国に派遣された時のこと。国司の接待に立腹した王は、たいへんな怒りよう。それを静めたのは、采女であったという。しかも、風流を解する人であったと左注に書いてある。左手に酒、右手に水を持って、王の膝を打ったと記されているが、どのような動作であったかは、判然としない。この動作ののちに安積山の歌を歌うと、王の怒りは、たちまちのうちに静まったというのである。おそらく、一連の采女の行為は、王を満足させる風流な「わざ」だったのであろう。あるいは、舞の所作であったのかもしれない。しかも、考えなければならないのは、膝を打つというのは、かなり大胆な動作で、そうすれば、王の機嫌が直るという確証がなくては、できなかったはずである。膝を打って、「私はあなたさまのことを深く深く思っています」と歌いかけたのであるから、これは機嫌を取るための一種の媚態ということができるはずだ。酒と水が水鏡を表象するものなら、こういう「口上」であった可能性がある。一つ想像して、復元してみよう。

先に采女を務めておりました私が持参したるは、左手の酒に、右手の水。ともに、影を映すものではございますが、ご当地陸奥には安積山なる山がございます。その山の山清水は、山にあるので浅いもの。影さえも見える浅い浅い心で、あなたさまをお慕いしているわけではございません。山の名前は、安積山でも、深い深い心でお慕い申し上げますゆえ、数々のご無礼を水に流して下さりますよう、伏してお願い申し上げまする——。

というような趣向であったのかもしれない。そうして、王の膝を打つと破顔一笑、その機嫌がよくなり、終日、酒を飲んだというのである。私たちは、他者の心持ちを変えるために、時として他者の体に触れることがある。そういった動作の一つと見てはどうだろうか。

こういう大胆な機嫌の取り方が、他の者にはできなかったのであろう。宮廷文化や都市の文化というものは、格式を求める反面、相手の心情を捉える咄嗟の機転のようなものが求められることがある。一つの即興性が求められることがあるのである。その微細な心の動きを捉える機転は、宮廷や都市での生活のなかでしか身につかないものであったろう。采女がその機転によって、貴人の機嫌を直すという話は、『古事記』下巻の雄略天皇条にも見えるところであり、そういう文化を采女が身につけていたことが、この話から類推されるのである。こういったUターンで、都の文化を伝える人びとがいたことを念頭において、私たちは防人歌や東歌を読むべきであろう。

大伴家持・書持兄弟の絆

万葉の旅の最後は、平城京と越中をつなぐ書簡の話である。大伴家持には、書持という弟がいた。年齢差は明らかにし得ないが、成人後は友のようにつきあえる兄弟であった。天平十八年（七四六）の秋に、大伴家持は越中に赴任するのであるが、九月のある日、書持の突然の訃報に接する。

かなり長いけれども、家持の「長逝せる弟を哀傷する歌」を引いてみたい。

天離る　鄙治めにと　大君の　任けのまにまに　出でて来し　我を送ると　あをによし　奈良山過ぎて　泉川　清き河原に　馬留め　別れし時に　ま幸くて　我帰り来む　平けく　斎ひて待てと　語らひて　来し日の極み　玉桙の　道をた遠み　山川の　隔りてあれば　恋しけく　日長きものを　見まく欲り　思ふ間に　玉梓の　使ひの来れば　嬉しみと　我が待ち問ふに　逆言の　狂言とかも　はしきよし　汝弟の命　なにしかも　時しはあらむを　はだすすき　穂に出づる秋の　萩の花　にほへるやどを　〈言ふこころは、この人ひととなり、花草花樹を好愛でて、多く寝院の庭に植ゑたり。故に「花薫へる庭」といふ〉　朝庭に　出で立ち平し　夕庭に　踏み平げず　佐保の内の　里を行き過ぎ　あしひきの　山の木末に　白雲に　立ちたなびくと　我に告げつる　〈佐保山に火

葬す。故に「佐保の内の里を行き過ぎ」といふ〉

（巻十七の三九五七）

訳（天離る）越の国を治めよとの、天皇さまの命令に従い、出発した私を見送りたいと、（あをによし）奈良山を通って、泉川の清い河原に馬を留め、別れたその時に、「つつがなく元気に俺は帰って来るから、おまえさんも達者で、身を慎んでつつがなく待っていろよ」と語り合って、越の国にやって来た日を最後に、（玉鉾の）道は遠く遠く、山川も二人を隔てていたから、恋しさはずっとずっと絶え間なかったのだけれど、弟に逢いたいと思っていた――。そんな折しも（玉梓の）使いがやって来たので、あらうれしやと私が待って問うに、猿芝居のたわごとでもあるまいに、こんなにも愛おしいわが弟たるおまえは、なんということだ、長命を終える齢でもないのに、はだすすきが穂に出る秋の、萩の花の咲きにおっているわが家の庭を〈この人の人となりは、もともと花草・花樹が大好きで、寝院の庭いっぱい植えてある。それゆえに「花の咲きにおう庭」とここでは言ったのである〉、朝の庭には出て立つことはできたけれども、夕べの庭を踏みしめることもできず、佐保の内の里をうち過ぎて、（あしひきの）山の梢に白雲となって立ちたなびいて逝ってしまったと、私に告げたのであった〈佐保山で火葬にしたということで、それで私は「佐保の内の里を通過し」とここでは言ったのである〉。

これに反歌二首が続く。

ま幸くと　言ひてしものを　白雲に　立ちたなびくと　聞けば悲しも
（巻十七の三九五八）

訳 つつがなく元気でいろよと言っておいたのに、白雲となって立ちたなびいたと聞くと悲しくて悲しくて。

かからむと　かねて知りせば　越の海の　荒磯の波も　見せましものを
（巻十七の三九五九）

訳 このようになると、かねてからわかっていたら――、越の海の荒磯の波も見せてやったのに。

たった二ヶ月前に別れた弟。その弟は、自らの越中赴任にあたり、家のある佐保から馬で泉川まで送ってきてくれたのであった。大和と山背（山城）の国境、奈良山を越えて、二人は馬を留めて、別れの言葉を交わす。

「俺も元気に帰って来るから、おまえさんも達者でな」と言葉を交わしての赴任であった。

弟に逢いたいとも思うが、その道ははるかに遠く、容易に逢うことは叶わない。手紙を持って使いがやって来たので、喜び勇んでゆくと、なんとその知らせは、弟の訃報であったというのである。つまり、このように貴族においては、近親者の動静を知らせる書簡のやりとりがなされ、それを使者を介して相手に届ける方法があったのである。その書簡は、現在には伝わらないのであるが、その内容は、この長歌から十分に類推できる。

①弟の死の当日は、朝は元気に庭に立つことができたが、その後急逝した。おそらく、朝庭に佇(たたず)む姿が目撃されていたのであろう。

②その遺体は、家の近く佐保山で荼毘(だび)に付された。そのため、葬列は佐保の里を進んだ。

この二つの情報が、大伴氏の佐保宅から届けられたことは間違いない。そこで、家持は、佐保の留守宅を守る人びとに対して、弟を悼む挽歌を作って、送ったのであった。家持の書簡を読んだ佐保宅の人びとは、家持の弟を思う沈痛な気持ちを知ったことであろうし、越中に赴く際には、二人で馬に乗って泉川まで行き、別れの言葉を交わしたということについても知ったことであろう。一方、家持は、越中の仲間たちにも、弟の死のことを告げたであろうし、自分が挽歌を作って、都の佐保宅に送ったことも知らせたことであろう。そして、佐保宅に送った挽歌の控えをみんなに披露したのであった。越中の人びとは、弟・書持のことは知らないのである。つまり、都に送った挽歌をそのまま披露しても、越中の人びとには、うまく伝わらないのである。そこで、傍線部のような注を付けたのであった。

▽じつは、弟は、花が好きなやつで、建物の前の庭には花を植えていたんだ。

▼結局、弟は佐保山で荼毘に付されたから、葬列は佐保の里を通ったらしい。手紙によると。

というような具合であろう。第二反歌では、こうなるとわかっていたら、弟を呼び寄せて、越のあの荒磯を見せてやりたかったと歌っている。

私たちは、この書持挽歌を通して、天平時代の書簡のやりとりの一端を知ることができるし、私的情報がどのようなかたちで都と地方を往来したのか、ということを知ることができる。遠隔地に書簡でもたらされる情報と、その遠隔地でどのように情報が伝えられたかも、わかるのである。悲しみは、

越中の家持⟷都の家族
越中の家持⟷越中の人びと

と共有されてゆくことになるのである。これは、一つの日本における書簡文学のはじまりということができるのではなかろうか。感情を盛りつける器となった歌、その歌を書き残すことのできる漢字技術の普及は、このような都と地方の感情の共有を可能にしていたといえるのである。

木簡（もっかん）（文字が書き記された木片）のなかに、荷札木簡というものがある。平城京から出土している荷札木簡は、日本各地から産品が平城京に運ばれていたことを教えてくれる。そういうヒト・モノ・カネの動きのなかで、歌の交流も行なわれていたのである。私は、そんなことを今、考えている。

第五章『万葉集』のかたちと成り立ち

第四章のまとめ

私は、前章において次のことを述べた。

① 『万葉集』は、宮廷文学であり、貴族文学であることは争う余地もない。一方で、歌々には身分や性差を越えた心の交流が期待されていたので、一瞥（いちべつ）すると、天皇から庶民までの文学のように見える側面がある。けれども、それは、上位者の下位者に対する慈愛を指すものであることを忘れてはならない。まして、これを徒（いたずら）に理想化し、歌による平等社会を実現していたと見るのは誤りである。

② 都と地方は、支配と被支配、搾取と被搾取の関係だけで成り立っていたわけではない。地方における郡司層を中心に、漢字文化が普及すると、地方から多くの人びとが都にや

って来ることになった。そこから、こういった上京者たちの苦悩に同情し、共感する文学も生み出されていった歴史がある。大伴家持と防人たち、山上憶良と荒雄の家族の心は共振しているといえよう。私が、『万葉集』を、交流と共感の観点から分析しようとする意図も、ここにある。

③律令官人の地方赴任、地方からの上京者の増大には、二つの側面があった。一つは、宮廷や都の文化を地方に浸透させる役割。もう一つは、都びとの地方文化への関心を喚起するという役割である。防人歌（さきもりうた）の収集と収載、東歌（あずまうた）の収集と収載も、そういった二つの側面から考えてゆかねばならない。したがって、防人歌も、東歌も、宮廷文化の地方への浸透から生まれた地方文化の精華であると見ることもできる。

④律令官人の地方赴任の拡大から、家族、友人の文通の機会も増大した。一方、自らの書簡を第三者に公開する場合、注が施されるなどの工夫も確認できる。これは、読まれることを前提とした『万葉集』において、すでに「書簡文学」が誕生していたことを表している。

前章では、交流と共感という視点から、『万葉集』の特性を明らかにした。では、『万葉集』の時代とは、いったいどんな時代だったのだろうか。

『万葉集』に収載されている歌で、もっとも古い歌は、仁徳（にんとく）天皇の皇后である磐姫皇后（いわのひめのおおきさき）

（三一四〜三四七）の御歌である。しかし、磐姫皇后や雄略天皇（在位四五六〜四七九）、さらには聖徳太子（五七四〜六二二）の歌々は、伝承歌や伝説の歌に等しいものであり、「〜と伝えられていた歌」と考えるべき歌々である。仁徳天皇は儒教的な天皇の理想、聖徳太子は仏教的な皇子の理想と考えられていた。

　では、真の『万葉集』の時代はいつからはじまるかというと、舒明天皇（在位六二九〜六四一）の時代からはじまる。というのは、この時代からは、ほぼ切れ目なく歌々が存在するからである。一方、もっとも新しい歌は、大伴家持の万葉終焉歌で、天平宝字三年（七五九）である（六四〜六五頁）。したがって、舒明朝から淳仁朝（七五八〜七六四）にわたる百三十年こそが、真の『万葉集』の時代であった、と考えてよい。それは、都が飛鳥、藤原、奈良にあった時代であり、平安京以前である。だから、『万葉集』は、大和の文学であるということができる。この時代は、律令国家の形成期にあたり、遣唐使の時代であり、白村江の戦いや内乱の続く戦争の時代でもあった。さらには、鎮護国家の仏教の時代であった。そういった時代の歌々を収載するのが、『万葉集』なのである。

　本章では、それぞれの巻の概要を説明することとしたい。そのうえで、これまで取り上げなかった各巻の代表歌の世界を垣間見ることにしよう。

巻一と巻二の世界

巻一は、巻二とセットとなるもので、宮廷の歴史を振り返る巻といえることについてはすでに述べた（三〇頁）。

主たる年代は舒明朝（六二九〜六四一）から元明朝（七〇七〜七一五）まで。

登場する主な歌人は額田王、天智天皇、柿本人麻呂、高市黒人、志貴皇子、山上憶良である。

高市黒人の大宝二年（七〇二）の持統太上天皇三河国行幸歌を取り上げてみよう。

いづくにか　船泊てすらむ　安礼の崎　漕ぎ廻み行きし　棚なし小船　（巻一の五八）

訳　どの湊に船を留めようというのであろうか——。安礼の崎を巡って行った、あの棚なし小船は……。

高市黒人は、柿本人麻呂よりやや遅れて、文武朝に仕えた歌人である。この歌の、安礼の崎がどこにあるかは、不明というしかない。「棚なし小船」は、舷の横板のない小舟で、貧弱なものであろう。いったいあんな舟でどこにゆくのだろう、というのである。それは、不安定な旅の気分を表している。旅愁の歌だ。

続く巻二は、巻一とセットとなるもので、宮廷の歴史を振り返る巻である。主たる年代は天智朝（六六八〜六七一）から元正朝（七一五〜七二四）まで。登場する主な歌人は藤原鎌足、大津皇子、日並皇子（草壁皇子）、柿本人麻呂、有間皇子、倭皇后、額田王、持統天皇である。

柿本人麻呂が石見国の妻と別れて帰京する時の歌を取り上げてみよう。

石見の海　角の浦廻を　浦なしと　人こそ見らめ　潟なしと〈一に云ふ、「磯なしと」〉人こそ見らめ　よしゑやし　浦はなくとも　よしゑやし　潟は〈一に云ふ、「磯は」〉なくとも　いさなとり　海辺をさして　柔田津の　荒磯の上に　か青く生ふる　玉藻沖つ藻　朝はふる　風こそ寄せめ　夕はふる　波こそ来寄れ　波のむた　か寄りかく寄る　玉藻なす　寄り寝し妹を〈一に云ふ、「はしきよし　妹が手本を」〉露霜の　置きてし来れば　この道の　八十隈ごとに　万度　かへり見すれど　いや遠に　里は離りぬ　いや高に　山も越え来ぬ　夏草の　思ひしなえて　偲ふらむ　妹が門見む　なびけこの山

（巻二の一三一）

訳　石見の海の角の浜辺は、浦なしと人は見るだろうけれど、潟がないと〈一つの本に

は「磯なしと」〉人は見るだろうけれど、えい、ままよ。浦はなくてもかまわない、潟は〈一つの本には「磯は」〉なくてもかまわない。鯨をとる海辺をさして、柔田津の荒磯のあたりに青々と生える玉藻沖の藻は、朝吹きつける風が寄せくる、夕方吹きつける波とともに、あちらこちらから寄ってくる玉藻。その玉藻のごとくに寄り添って寝た妻を……〈一つの本には「愛おしい妻の腕を」〉、露霜の置くというのではないけれど、置いて来たので、この道の曲がり角ごとに、何万回も何万回も振り返って見るけれど、いよいよ遠くに里は遠のいてゆく……。いよいよ高い山も越えて来てしまった……。夏草のように思いしおれて、私のことを偲んでいることであろうぞ。妻の家の門を私は見たいのだ。なびけこの山——。

これに反歌二首が続く。

石見のや　高角山の　木の間より　我が振る袖を　妹見つらむか　（巻二の一三二）

訳　石見の国よ——、その高角山の木の間から、わが振る袖を妻は見たであろうか……。

笹の葉は　み山もさやに　さやげども　我は妹思ふ　別れ来ぬれば

（巻二の一三三）

訳 笹の葉は、御山もざわざわと音を響かせて騒ぎたててはいるけれど……私の心は乱れたりなどしない。妻のことを思って別れて来たので（妻のことを思えば、私は山の音に心を乱されたりはしない）。

妻のいるところは、浦もない、潟もないところ、それはありふれた場所だけれど、私にとっては、妻との時間を過ごした掛けがえのない場所だ、といいたいのである。そして、その海の玉藻がなびき絡み合うように共寝をした妻との別れの時が、今、やって来た。私は、妻の家を見ていたいのだ。山よなびけ——。どんなに、笹の葉のさやぎが山に響いても、妻を思う気持ちが、ひとときも途切れることはない、と人麻呂は歌うのである。長歌の恋歌は『万葉集』以降なくなるので、万葉的なるものとして、この歌を入れておいた。

巻三と巻四の世界

巻三は、巻一、二に続いて、それらに収められなかった歌々を集めた巻である。主たる年代は持統朝（六九〇～六九七）から聖武朝（七二四～七四九）まで。登場する主な歌人は大津皇子、柿本人麻呂、高市黒人、大伴旅人、小野老、山部赤人、藤原八束、大伴家持、聖徳太子、大伴三中である。

柿本人麻呂の、近江の海（琵琶湖）の千鳥を詠んだ歌を取り上げてみよう。

近江の海　夕波千鳥　汝が鳴けば　心もしのに　古思ほゆ

（巻三の二六六）

訳 近江の海、その夕波千鳥……。おまえさんが鳴くと心もしおれて、昔のことが思われてならぬ――。

雄大な長歌と繊細な短歌、これが人麻呂歌の世界である。「しのに」は、うちしおれるさまをいう言葉。つまり、心がうちしおれることをいうのである。「古思ほゆ」は、昔のことが思われてならないということだ。具体的には、天智天皇の近江大津宮の時代（六六七～六七二）を示す。が、しかし。私は、そういう知識だけで、この歌を味わいたくない。風景には、人の記憶を呼び覚ます力というものがあるからだ。同じ風景を見ても、人によって追懐されるものは、人さまざまに違うはずだ。だから、「古」は「古」で、いつでもよい。そういう鑑賞もあり得る。

次に「山部宿禰赤人が、富士山を望んで作った歌」を取り上げてみよう。

天地の　分れし時ゆ　神さびて　高く貴き　駿河なる　富士の高嶺を　天の原　振り放

け見れば 渡る日の 影も隠らひ 照る月の 光も見えず 白雲も い行きはばかり
時じくそ 雪は降りける 語り継ぎ 言ひ継ぎ行かむ 富士の高嶺は

反歌

田子の浦ゆ うち出でて見れば ま白にそ 富士の高嶺に 雪は降りける

（巻三の三一七、三一八）

訳 天と地とが分かれた遠い遠い昔から、神々しくて高く貴き、駿河の国にある富士の高嶺を、天空はるかに振り仰いで見ると……天空を渡ってゆく陽光も隠れゆき、照る月の光すらも見えぬ――。白雲もまたさえぎられて進むことをためらい、いつという定められた時もなく、ずっとずっと雪は降り積もっている。いつまでもいつまでも語り継ぎ、言い継いでゆこう。かくも偉大なる富士の高嶺のことは……。

反歌

田子の浦を通ってゆき、富士山の見える所へ出て見れば……、純白な富士の高嶺に雪が降っている――。

山部赤人は、聖武朝に活躍した歌人で、人麻呂の長歌と短歌の世界を継承した人物と考えてよい。歌い出しは、天地開闢からはじまる。太陽の光をも月光をも白雲をも恐れさせる、高く尊き山には、時を定めず雪が降るというのである。この富士山のことを永遠に語り継いでゆこうと、赤人は未来の読者にも訴えているのである。

反歌は、視界が開けて富士山が目に入った時の印象を伝えた歌で、「雪は降りける」は、雪が降って白くなった山上を、景としてこう表現しているのである。長歌も反歌も、そこに描かれているのは、感動の富士だ――。

続く巻四は、巻二の相聞部に続いて、巻一、二に収められなかった歌々を集めた巻である。主たる年代は天智朝（六六八～六七一）から聖武朝（七二四～七四九）まで。

登場する主な歌人は額田王、柿本人麻呂、大伴坂上郎女（おおとものさかのうえのいらつめ）、大伴旅人、大伴坂上大嬢（さかのうえのおおいらつめ）、聖武天皇、大伴家持、笠女郎（かさのいらつめ）である。

ここでは、「笠女郎が大伴宿禰家持に贈った歌二十四首」から一首取り上げてみよう。

思ひにし　死（しに）するものに　あらませば　千度（ちたび）そ我（あれ）は　死に反（かへ）らまし

（巻四の六〇三）

訳 愛する人を思って死ぬなんて嘘嘘嘘（うそ）！　だとしたら……千回も私は死んで生き返ったことになりますもの――。

笠女郎は、大伴家持を恋い慕った女性である。しかし、どんな人物か、それを考える手掛かりはない。わかるのは、『万葉集』に収載されている歌が、すべて家持に贈った歌だ、ということだけである。つまり、大伴家持に歌を贈らなかったら、その名を知られることもなかった人物である。家持は、この女性を相手にしなかったようであるが、手紙の歌は、保存していたのであろう。恋で人が死ぬなら、私は千回生き返ったことになると歌った歌である。新鮮な一首だ。

大伴氏は、古く軍事・外交を大和朝廷内において担った氏であった。旅人の子家持の持っていた資料をもとに『万葉集』は編纂されたので、一族の人びとがよく登場する（一一頁の系図を参照）。家持の叔母である坂上郎女、その娘の大嬢。大嬢は、のち家持の妻の一人となっている。

巻五と巻六の世界

巻五は、天平時代の雑歌を集めたもので、大伴旅人、大伴家持らが収集した歌々をまとめた巻である。内容から、書簡集の観がある。

主たる年代は聖武朝（七二四〜七四九）。

登場する主な歌人は大伴旅人、山上憶良、吉田宜（よしだのよろし）、藤原房前（ふじわらのふささき）である。

続く巻六は、天平時代の雑歌を集めたもので、宮廷の歴史を振り返る巻である。

主たる年代は元正朝（七一五〜七二四）と聖武朝（七二四〜七四九）。
登場する主な歌人は笠金村、車持千年、山部赤人、大伴旅人、大伴坂上郎女、高橋虫麻呂、山上憶良、湯原王、大伴家持、田辺福麻呂である。

巻七と巻八の世界

巻七は、三大部立のそれぞれの部立のなかで、四季分類した巻である。作者不記載歌の短歌と旋頭歌を集めている。部立の構成は、巻三と同じである。
巻頭の一首、「天を詠む」を読んでみたい。

天の海に　雲の波立ち　月の舟　星の林に　漕ぎ隠る見ゆ
（巻七の一〇六八）

訳 天の海に雲の波立ち……、月の舟は、星の林に漕ぎ隠れようとしているのが見える。

この歌は、いわゆる「柿本人麻呂歌集」所出歌である。解説の必要もないだろう。ロマンティックな歌だ。

続く巻八は、三大部立のそれぞれの部立のなかで、四季分類した巻。作者記載歌を集めている。部立の構成は、巻十と同じである。

主たる年代は舒明朝（六二九～六四一）から聖武朝（七二四～七四九）まで。

登場する主な歌人は志貴皇子、山部赤人、大伴坂上郎女、大伴家持、大伴田村大嬢、笠女郎、笠金村、山上憶良、聖武天皇、湯原王である。

志貴皇子の「懽びの御歌一首」を、ここでは取り上げてみよう。

石走る　垂水の上の　さわらびの　萌え出づる春に　なりにけるかも

（巻八の一四一八）

訳 岩にほとばしる滝のあたりのさわらびが……萌え出る春になった――（まさに、今）。

志貴皇子は、天智天皇の第七皇子。生年は不明だが、霊亀元年（七一五）に亡くなっており、その挽歌が巻二に収められている（二三〇～二三四）。この歌は、巻頭を飾る、春の歓びの歌である。なんと清冽な歌だろう。

巻九と巻十の世界

巻九は、主に、先行歌集を三大部立に振り分けて編集された巻である。

主たる年代は持統朝（六九〇～六九七）から聖武朝（七二四～七四九）まで。

登場する主な歌人は雄略天皇、藤原宇合、高橋虫麻呂である。
ここでは、高橋虫麻呂の「水江の浦島子を詠んだ歌」を取り上げておこう。

春の日の　霞める時に　墨吉の　岸に出で居て　釣舟の　とをらふ見れば　古の　ことぞ思ほゆる　水江の　浦島子が　鰹釣り　鯛釣り誇り　七日まで　家にも来ずて　海界を過ぎて漕ぎ行くに　海神の　神の娘子に　たまさかに　い漕ぎ向かひ　相とぶらひ　言成りしかば　かき結び　常世に至り　海神の　神の宮の　内の重の　妙なる殿に　携はり　二人入り居て　老いもせず　死にもせずして　永き世に　ありけるものを　世の中の　愚か人の　我妹子に　告りて語らく　しましくは　家に帰りて　父母に　事も語らひ　明日のごと　我は来なむと　言ひければ　妹が言へらく　常世辺に　また帰り来て　今のごと　逢はむとならば　この櫛笥　開くなゆめと　そこらくに　堅めしことを　墨吉に　帰り来りて　家見れど　家も見かねて　里見れど　里も見かねて　怪しみと　そこに思はく　家ゆ出でて　三年の間に　垣もなく　家も失せめやと　この箱を開きて見てば　もとのごと　家はあらむと　玉櫛笥　少し開くに　白雲の　箱より出でて　常世辺に　たなびきぬれば　立ち走り　叫び袖振り　臥いまろび　足ずりしつつ　たちまちに　心消失せぬ　若かりし　肌も皺みぬ　黒かりし　髪も白けぬ　ゆなゆなは　息さへ絶えて　後遂に　命死にける　水江の　浦島子が　家所見ゆ

反歌　　　　　　　　　　　　　（巻九の一七四〇、一七四一）

常世辺に　住むべきものを　剣大刀　汝が心から　おそやこの君

訳　春の日の霞んでいる時に、墨吉の岸に出で立つと、釣舟が揺れているのが見える。すると私には古の言い伝えが思い出されるのだ。水江の浦島子が鰹を釣り、鯛を釣ってはそれを誇り、七日を過ぎても家に帰らず、海の果てを越えて漕ぎ行くうちに、海神の神の娘子にはからずも出逢った話を。思いを語り合って、婚儀あいとのい、永遠の契りを結んだので、常世に向かって、海神の神の宮のさらにその奥のえもいわれぬ御殿に、手と手を取り合って二人で入った――。二人はそのまま老いもせず、死ぬこともなく、永遠の世に生きていられたのだが……。世にも愚かな愚かな島子は、契りを結んだ妻に語って言うことには、「しばしの間、家に帰って父母にことの次第も報告し、明日にでも俺さまは戻って来ようぞ」と言ったのだ。そこでその妻が言うには、「常世の国にまた帰って来て、今のようにいっしょに暮らそうということでしたら……この玉手箱を決して開けないでくださいまし、決して」と、それほどまでに堅く堅く誓い合ったことなのに、墨吉に帰りついてみると、わが家を探してもわが家も見当たらず、里を見ても里も見当たらない……。なんとも不思議なことだと思ったことには、「家を出て三年の間に、垣もなくなり、家もなくなるなんてことがあるはずもなし」と、「この箱を開いて見たなら、元どおりに家はあるに違いない」と、玉手箱を少し開くと……白雲が箱から出てきて、常世へ向かってたなびいて行ったので、飛び上がって走り、叫びながら袖を振って、転げまわって足ずりをするのだが、たちまちに気を失ってしまった。若かった肌にも皺が寄り、黒かった髪も白くなり、さらには息までも絶えて、ついにはその命も尽きてしまった。かの水江の浦島子の家のあたりが今も見える。

反歌

常世の国に住みつづければよいものを——。(剣大刀(つるぎたち))おまえさんの愚かな心から か……、ばかなことをしたもんだよねこの人は——。

高橋虫麻呂も生没年未詳の人物であるが、天平期の歌人であることは間違いない。「高橋虫麻呂歌集」という先行歌集があり、しかもそのすべての作品が、虫麻呂自身の作品であることを考え合わせると、天平期に盛んな作歌活動をしていたことが想定される歌人だ。ことに、伝説を長歌で語る独特のスタイルで、語りを重視するために枕詞をほとんど使用しないという特徴を持つ。

この歌は、後世の浦島太郎(うらしまたろう)伝説の源流の一つ、墨吉(すみのえ)の水江の浦島子の歌だ。虫麻呂は、まず冒頭部で、語り手である自分のいる場所、すなわち墨吉の岸を示し、釣漁に勤しむ「浦島子」のなりわいから語り出す。続いて海神の娘との出逢いと結婚が語られるのだが……。

続く巻十は、三大部立のそれぞれの部立のなかで、四季分類した巻である。作者不記載歌の短歌を中心に集めている。部立の構成は、巻八と同じ。

ここでは、巻頭の一首を取り上げておこう。

ひさかたの　天の香具山　この夕　霞たなびく　春立つらしも

（巻十の一八一二）

訳 （ひさかたの）天の香具山——、この夕べ、霞がたなびいているではないか。そうだ春になったらしい……。

もちろん、はじまりは「春の雑歌」からだ。それも、香具山（奈良県桜井市と橿原市）の歌からはじまる。香具山にたなびく霞は春になった証だと歌っている。えっ、もう春なのか、と季節のうつろいを発見した喜びを表現した歌だ。「もの」や「こと」を表すのではなく、言葉の「あや」、それも四季を楽しむ文学へと、万葉歌は変化を遂げてゆくが、これは「あや」の文学の典型例（一八〇頁）。

巻十一と巻十二の世界

巻十一は、作者不記載の短歌と旋頭歌を中心に古今の相聞歌を集めた巻である。平安時代にできたとおぼしき『万葉集』の「目録」は、「古今相聞往来歌類」の「上」と伝えている。「下」は巻十二。

ここでは、柿本人麻呂歌集歌を、取り上げておこう。

玉かぎる　昨日の夕　見しものを　今日の朝に　恋ふべきものか

（巻十一の二三九一）

訳（玉かぎる）昨日の夕べ出逢ったのに……今日の朝にはもうかくも恋しく思ってしまっているのだが……（それは果たして本当の恋なのか?）。

昨日の夕べに出逢った人なのに、もう恋をしてしまっている。そんな私でよいのかなぁ、果たしてこれって本当の恋なの、と自問自答している歌だ。

続く巻十二は、作者不記載の古今の相聞短歌を集めた巻で、「目録」によれば巻十一に続く「下」ということになっている。

ここでは、恋の悩みを訴えた歌を取り上げておこう。

忘るやと　物語りして　心遣り　過ぐせど過ぎず　なほ恋ひにけり

（巻十二の二八四五）

訳 忘れることもあろうかと、人と世間話などをして気を紛らわせて、物思いを消し去ってしまおうとしたけれど……一層恋心は募るばかりだった――。

恋の悩みは募るばかり。ここは一つ、他人と世間話でもして、気を紛らわそうとしたのだが――。しかし、私の恋心は、そんなに「やわ」なものではなかった、という歌。私の恋は、そんな程度のことでは、やり過ごすことができるもんじゃあなかった、といいたいのである。表現の重点は、そんな恋心の重さの方にあるのである。

巻十三と巻十四の世界

巻十三は、作者不記載の長歌を集めて、三大部立に歌々を振り分けた巻である。ここでは、柿本人麻呂歌集歌を取り上げておこう。

葦原の　瑞穂の国は　神ながら　言挙げせぬ国　然れども　言挙げぞ我がする　言幸く

ま幸くませと　つつみなく　幸くいまさば　荒磯波　ありても見むと　百重波　千重波
にしき　言挙げす我は〔言挙げす我は〕

反歌

磯城島の　大和の国は　言霊の　助くる国ぞ　ま幸くありこそ

（巻十三の三二五三、三二五四）

訳 葦原の瑞穂の国は、神のみ心のままに言挙げせぬ国——。そうではあるけれど、言挙げを私はする。よき言葉で幸いあれと、ご無事でいらっしゃいと、つつがなくお元気であられたなら、荒磯波ではないけれども何度も何度も、そのうち健在で逢えるだろうと、言挙げを私はする。百重波、千重波のように私は繰り返す。言挙げをする私は——〔言挙げをする私は——〕。

反歌

（磯城島の）大和の国は……言霊の助け給う国ぞ——。つつがなく幸いあれ！

ここ日本は、言葉に出して宣言をしたり、神さまに祈ったりする国ではない、というのである。それは、人を信じ、神を信じるがゆえに、あえて口にしないということを前提としている。なぜならば、口に出して、お願いをしたり、説得をしたりすることは、人や神を信じていないことになるからである。

が、しかし。最愛の人、あなたの旅立ちだけは、言挙げをしてしまう。言挙げせずにはいられない、というのである。そこに、歌の言葉の重みがある。

続く巻十四は、作者不記載の短歌を集めたもので、東歌と呼ばれる東国関係歌を集めた巻である。それらの歌々を、三大部立に振り分けて編集されている。

巻十五と巻十六の世界

巻十五は、天平八年（七三六）の遣新羅使人関係歌と、天平十年（七三八）前後の中臣宅守越前国配流歌の二つの歌群を編纂して収載した巻である。

登場する主な歌人は阿倍継麻呂、大伴三中、中臣宅守、狭野弟上娘子である。

ここでは、「中臣朝臣宅守と狭野弟上娘子とが贈答した歌」のうち狭野弟上娘子の歌を取り上げておこう。

君が行く　道の長手を　繰り畳ね　焼き滅ぼさむ　天の火もがも

（巻十五の三七二四）

訳 あなたがゆく長い長い道のり。その道のりを手繰り寄せて折って重ねて、焼き滅ぼしてくれる、天の火がないものか――。

巻十五の後半部は、中臣宅守と狭野弟上娘子の贈答歌である。「目録」には、罪を得て、越前国（福井県嶺北地方）に流されたことが記されている。一般的には、二人の結婚や恋愛関係が罪の対象になったと見られている。宮中に奉仕をしている女官は、天皇の子を宿す可能性があるから、恋愛関係が明らかになった場合、断罪される可能性があったのである。

この一首は、情熱的な歌だ。人は、道を通ってしか、人に逢うことはできない。さすれば、二人の間に横たわる道を手繰り寄せて燃やしたいというのである。そうすれば、あなたと逢えるのに、と狭野弟上娘子は歌ったのであった。

続く巻十六は、雑歌に分類される歌々を集めたものであるが、ことに、歌にまつわる物語のある歌々を集めた巻である。

年代不記載で、登場する主な歌人は穂積親王、長意吉麻呂、大伴家持である。

ここでは、長意吉麻呂の歌を取り上げておこう。宴席歌で、次の言葉を歌のなかに詠み込むようにという注文に応えた歌である。その言葉は、「香・塔・厠・屎・鮒・奴」である。

香塗れる　塔にな寄りそ　川隈の　屎鮒食める　いたき女奴

（巻十六の三八二八）

訳 香を塗ったね、塔に近寄らないでおくれ。川隈の屎鮒を食っているひどい女奴は――。

長意吉麻呂は、文武朝（六九七〜七〇七）に活躍した歌人と見られるが、宴席において即興歌を歌って一座を沸かせる、いわば芸人のような活動をした人物である（上野誠『万葉びとの宴』）。

この歌は、詠物歌（主に自然の風物を題材とした歌）といえば、詠物歌だが、これも即興の大喜利芸のようなものだ。香は柱などに塗って香気を楽しむ塗り香である。「川隈」は、川の見えないところをいうが、隠し題となっていて、雪隠すなわち厠のこととなる。「厠」の字を「かわや」と訓じるのは、便所を川に作って、汚物を川に流していたからにほかならない。

私は、二度ほどこのタイプのトイレを利用したことがある。かれこれ四半世紀前の中国での話だ。一つは、上海郊外の農村で、養魚池の水上に作られた厠である。便器を覗くと、たくさんの鯉がやって来た。もう一つは、トルファン（新疆ウイグル自治区の都市）のドライブインで、養豚小屋の二階が厠で、落とした汚物を豚の餌とするタイプのものであった。案内人の隙を見て写真を撮ろうと思ったが、気が引けて止めた思い出がある。しかし、日本においても、そのタイプの厠は、一九五〇年代まであったのだから、事情はあまり変わらない。

さて、果たして上野は用を足せたのか。鯉と豚に目が合ってしまい、怖気づいて用が足せなかったことを申し述べておく。

巻十七から巻二十の世界

ここからは、巻十七から巻二十のいわゆる「末四巻」について見てゆこう。

巻十七は、越中国司赴任前後の大伴家持の歌日記をもとに編まれた巻である。

主たる年代は聖武朝（七二四～七四九）で、天平二年（七三〇）十一月から同二十年（七四八）春まで。

登場する主な歌人は大伴家持、大伴書持、橘諸兄、大伴坂上郎女、平群女郎、大伴池主（家持の遠縁）である。

続く巻十八は、越中国司赴任時代の大伴家持の歌日記をもとに編まれた巻である。

主たる年代は聖武朝（七二四～七四九）と孝謙朝（七四九～七五八）で、天平二十年（七四八）三月から天平勝宝二年（七五〇）二月まで。

登場する主な歌人は大伴家持、田辺福麻呂、久米広縄、橘諸兄、元正天皇、大伴池主、大伴坂上郎女である。

さらに続く巻十九は、越中国司離任、少納言就任前後の大伴家持の歌日記をもとに編まれた巻である。

主たる年代は孝謙朝（七四九〜七五八）で、天平勝宝二年（七五〇）三月一日から天平勝宝五年（七五三）二月二十五日まで。

登場する主な歌人は大伴家持、久米広縄、大伴坂上郎女、三方沙彌、藤原清河、藤原仲麻呂、大伴御行、孝謙天皇、聖武天皇、橘諸兄、藤原八束である。

ここでは、巻頭を飾る、大伴家持の桃李の歌を取り上げておこう。

春の苑　紅にほふ　桃の花　下照る道に　出で立つ娘子　（巻十九の四一三九）

訳　春の園は紅色に照り映えている……。その桃の花の下を照らす道に、出で立つ娘子——。

我が苑の　李の花か　庭に散る　はだれのいまだ　残りたるかも　（巻十九の四一四〇）

訳　わが園の李の花が庭に散っているのか。いやいや、はたまた薄雪がまだ残っているのかぁ……。

大伴家持の日記をもとに編纂された末四巻を読むと、あたかも自分が家持の人生を伴走しているような気分となる、とは万葉学者・鉄野昌弘の言だが、私も氏と同感である。

この二首は、天平勝宝二年（七五〇）三月一日の歌だ。時に家持、三十三歳。彼は、越中で四度目の春を迎えていた。国司の任期満了、転任の日も近い。彼は、庭の桃と李の花を眺めて、幻の娘と出逢う。「紅にほふ」とは、紅に輝く美しさをいう言葉である。樹下にいる娘を花の輝きで照らし出すと家持はいうのである。

二首目は、李の歌。私の家の庭に咲いていた李の花が散った。それは、残雪か、それとも李の白い花なのか、見紛うばかりというのである。多くの人びとの心を捉えた魅力のある歌だ。

巻二十は最終巻である。兵部少輔、山陰道巡察使、因幡国司等就任前後の大伴家持の歌日記をもとに編まれた巻である。

主たる年代は孝謙朝（七四九〜七五八）と淳仁朝（七五八〜七六四）で、天平勝宝五年（七五三）五月から天平宝字三年（七五九）正月一日まで。

登場する主な歌人は大伴家持、大伴池主、中臣清麻呂、大原今城、丹比国人、橘諸兄、藤原夫人（ふじわらのぶにん）、藤原仲麻呂、石川女郎（いしかわのいらつめ）、市原王（いちはらのおおきみ）である。

部立の有無

ここまで、二十巻の巻々を大きく見渡したわけであるが、以上の点を踏まえて、『万葉集』の形成について解説してみたい。

注目すべき点は、部立がある巻とない巻があるという点である。整理してみると、

部立がある巻……一～十四、十六
部立のない巻……十五、十七～二十

となる。巻一は雑歌の巻、巻二は相聞と挽歌の巻である。つまり、巻一と二はセットで編纂され、この二巻で雑歌・相聞・挽歌の三大部立が揃うかたちとなっている。三大部立の考え方は、『万葉集』の歌分類の基本的な考え方である。このほかに表現において譬喩（ひゆ）を用いた歌を分類する「譬喩歌」や、直接的な表現を取る「正述心緒（せいじゅつしんちょ）」、物に寄せて心情を表現する「寄物陳思（きぶつちんし）」、二首が問と答の対（つい）のかたちとなる「問答（もんどう）」、旅の歌である「羈旅発思（きりょはっし）」などがある。

ただし、こういった部立や分類は、集められた歌を編纂上、区分するものであって、絶対

的な基準があるわけではない。集まった歌を仮にその巻の分類方針に従って分類していると考えればよいのである。なお、ここからの議論では、「編纂」と「編集」という言葉を使用する。本書のいう「編纂」とは、部立、分類、歌の配列などの差配を指し示す。「編集」は、その差配に基づいてなされる微調整の作業をいうことにするが、その区別は判断が難しいことも先に断っておく。

末四巻との断層と接続

さて、部立のない巻は、前述のように巻十五と巻十七〜二十の末四巻ということになる。巻十五は、遣新羅使人歌群および中臣宅守と狭野弟上娘子との贈答歌群より成り立っている巻である。対して、巻十七以下のいわゆる末四巻は、大伴家持の歌日記に手を加えるかたちで成立した巻々である。

こうしてみると、二十巻の『万葉集』は、巻一〜十六までと、末四巻との間には、大きな断絶があることがわかる。つまり、さまざまな資料から歌が集められて出来上がった十六巻までの巻々に、個人の日記をもとに編集された末四巻が接続されていると考えておけばよいのである。末四巻の接続がどうしてなされたかということは、『万葉集』最大の謎(なぞ)である。大伴家持は、『万葉集』の編纂者であると一般にいわれている。しかし、この末四巻の存在から、漠然(ばくぜん)と大伴家持が『万葉集』の編纂者の一人と考えられているに過ぎないのである。

ただし、家持以前にも、家持以後にも編纂者がいたことは確かで、大伴家持は有力な編纂者の一人だったと考えておけばよい。以上が、今日の研究者の考える、そのおおよそである。

どのように巻々は形成されたのか

もう一つ、忘れてはならないことがある。それは、さまざまな先行歌集や諸資料を集めて編纂、編集して作られたのが『万葉集』なのだが、そういった集められた資料にも、資料の一つ一つに編纂者がいるということだ。そのいわば編纂物を取り込んで再編集して、各巻は出来上がっているのである。ところが、どこまでが個別の資料の編集作業によるものなのか、各巻の編纂者による編集なのか、判別する手掛かりがないのである。そのうえ、各巻の編纂が終わったあとに、さらなる統一的編集の手が入っている場合も想定しておく必要がある。つまり、『万葉集』は、複数回の編纂・編集を経て今見ることのできるかたちに形成された書物なのであり、その時期も回数も確定することが難しいのである。

以上の事柄を前提として、今、私が蓋然性が高いと思っている形成過程について述べてみたい、と思う。箇条書きにすると、こうなる。

Ⅰ　巻一と巻二の編纂が、まず行なわれた。

Ⅱ　Ⅰに続くかたちでの巻三と巻四の編纂がなされた。

Ⅲ　Ⅱに続くかたちでの巻五～十六の編纂がなされた（ただし、一括か逐次かは判断する方法はない）。
Ⅳ　Ⅲに続くかたちで末四巻が継ぎ足されて、二十巻が形成された。
Ⅴ　全体が、今見ることができるかたちに調整された。
Ⅵ　公表され広まる（平城天皇の在位時代〔八〇六～八〇九〕）。

このうち、Ⅰ～Ⅲまでの編纂は、各巻のもっとも新しい歌の年代から推定して、天平十七年（七四五）から翌十八年ころまでに出来上がっていたと考えるのが通説である。では、Ⅳはどうかというと、『万葉集』の最終歌（巻二十の四五一六）は、天平宝字三年（七五九）であるから、当然、それ以降であることは間違いない。歌の詠まれた年が記されている歌で、いちばん新しい年が、西暦七五九年なのである。

さらには、Ⅴであるが、巻十四の各国別の歌の並び方から次のように考えられている。武蔵国は、もともと東山道に属していたのだが、宝亀二年（七七一）、東海道に編入されている（『続日本紀』同年冬十月条の太政官奏）。巻十四の東歌は、武蔵国の歌を相模国と上総国の間に置いてあり、武蔵国を東海道の国として、歌を配列しているのである。このことから、『万葉集』の全体の編纂の開始は、七七一年以降であると考えられているのである（山田孝雄「万葉集の編纂は宝亀二年以降なるべきことの証」）。このうち、杳として知れないのが、Ⅲ

の巻五～十六までの編纂過程である。Ⅲのうち、巻八と巻十は同じ部立と四季分類となっているため、互いに連絡があると思われるが、同時に編纂されたかどうかは確定し難い。また、巻十一は、「目録」には、「古今相聞往来歌類之上」とあって、巻十二は、その下となっている。してみれば、巻十一と十二は、二巻で一セットということになるが、こちらも編纂時期は、明らかにし得ない。巻五～十六を一括の編纂と見る万葉学徒もいれば、順次編纂を考える学徒もいて、判断がつかないのである。

私は、今ある二十巻本を一つの構造体として見ることは可能だが、形成の過程を明らかにできるとは思っていない。それは、以上のような事情があるからなのである。じつは、本書の執筆にあたって、今の日本を代表する万葉学徒たちに意見を求めたのであるが、巻五～十六までの形成過程については、七人中七人がわからない、と述べた（ここは、心配だったので聞いてみたのである）。おぼろげながらではあるけれど、多くの現今の万葉学徒の共通理解となっているのは、Ⅰ～Ⅴというあたりではないか、と思う。

編纂の志向性

『万葉集』に一つの構造があるとするならば、そこには、どのように歌々を編纂すべきか、という志向性のようなものがあるはずである。私は私なりに、編纂の志向性を、次のように考えている。それは、「歴史による分類志向」「四季による分類志向」「地理による分類志向」「発想・技巧による分類志向」の四つである。

歴史による分類志向……………時間軸に沿って歌を配列して、読めば、歌によって歴史を辿れる。

四季による分類志向……………歌を四季に分類して、四季の歌を楽しめる。

地理による分類志向……………律令国家の定めた国や地域を念頭に、その地域にどんな歌があるかを知ることができる。

発想・技巧による分類志向……歌自身の発想や技巧を、楽しみ学ぶことができる。

換言すれば、私たちは、『万葉集』を読むことによって、歴史の旅、四季の旅、東国を中心とする国々への旅、発想法への旅をすることができるのである。歴史志向が顕著なのは巻一〜六。さらに個人の日記も一つの歴史志向といえるので末四巻を挙げることができる。四季分類への志向は、先行歌集である「柿本人麻呂歌集」にその萌芽（ほうが）があると考えられているが、巻八と巻十に顕著である。地理志向は、畿内の地名が登場する長歌の巻である巻十三、東歌の巻十四、巻十六の末尾部、巻二十の防人歌などを挙げることができる。発想や技巧による分類の志向は、「目録」に「古今相聞往来歌類」とある巻十一と十二に顕著である。この二巻では、直接的に心情を表現しているか、物に寄せて心情を表現しているか、問答のかたちになっているか、悲しい別れの心情を表現したものか、などということを分類基準として、歌が分類されているのである。

さらに分類志向を大きく見渡すと

『万葉集』編纂の核となった巻一と二は、明らかに歴史による分類志向であり、これこそが、歌々を『万葉集』という一つの歌集に結集させる原動であったことは間違いない（私は、核となる巻一と二が、強力な磁石となって、歌が次々と吸い寄せられていったようなイメージで考えている）。歌々を読むことによって、その時々を生きた人間の心情を知りたいという思いが生じる。その歌を年代順に並べることによって歴史を実感したい、という欲求があったからこそ、歌に関わる資料も保存され、その資料を集めた歌を分類して編纂もなされたのである。この志向は、『万葉集』全体を貫く志向性なのであるが、先行歌集ができ、歌を読み、歌を作ることを楽しむ人びとが増えると、歌への関心はさらに広がってゆくことになっていったはずである。これが、四季や、発想・技巧への関心を高めることになった、といえよう。さらには、律令官人の地方赴任や、地方からの上京者によってもたらされた諸情報が、地理への関心を徐々に高めていったのである（第四章）。

したがって、「四季」「地理」「発想・技巧」への志向は、歌への関心の多様化と成熟度を表していると考えてよい。「▽ものごと（＝歴史）」への関心から、「▼あや（＝文学）」への関心が広がっていったことを表していると見てよいのである。

▽ものごと……特定の時場、特定の人物に対して、自らの心情を表現する（宴、行事、狩などの時場に依存する表現）

▼あや……不特定の時場、不特定の人物に対して自らの心情を表現する（文学として独立した表現）

私が考えている四つの志向性は、すべて『古今和歌集』に受け継がれたのではあるけれど、その後千年のやまと歌の歴史を辿ると、『古今和歌集』以降のやまと歌は、「あや」を求める文学となり、恋情発想はもとより、なかんずく四季の文学になっていった、と思われる。

つまり、四つの志向のうち、花鳥風月の四季への関心が、『古今和歌集』以降のやまと歌の世界の中心となっていったのである。

第六章 『万葉集』の本質は何か

第五章のまとめ

私は、前章において次のことを述べた。

① 各巻がどのように形成されたかということについては、次のことがいえる。まず、巻一と巻二ができ、次に巻三と巻四ができた。そのあと、巻五〜十六が形成された。それに、いわゆる末四巻が接続されたという見方が有力である。東歌（あずまうた）の国の並びから考えると、宝亀二年（七七一）以降に最終的な編纂が開始された、と見られている。

② 巻一〜六までは歴史志向で編纂されている。これは、『万葉集』全体に及ぶ志向性である。つまり、歴史志向は「ものごと」への関心であり、そこから「四季」や「発想・技巧」などの「あや」に対する関心が広がっていったと見てよい。こういった志向のう

ち、『古今和歌集』以降のやまと歌は、「あや」の文学、なかんずく四季の文学として、その伝統を形成してゆくことになる。

さらに、『万葉集』の特性を挙げてみると、各巻の巻頭歌には、権威づけ等の意味を持った歌が配されている、といえよう。

加えて、長歌の時代と思われがちであるが、そうではなく、すでに短歌中心の時代であり、それは、奈良時代以降、宮廷文化の核をなすものになっている、といえようか。

日本文学史のなかで

毎年、勤務校で担当している「国文学史」という授業がはじまると、だいたいその初日に、私は学生たちにこんなことを語りかけている。

大きくこの千三百年を見ると、日本文学の中心は、歌と物語と芸能だろう。その三つのなかで、どれが文学として主流であったかといえば、歌だ。連歌(れんが)も俳諧(はいかい)も含めて歌が、物語と芸能のベースになっている。

では、その歌の伝統は、どのように形成されたかというと、八代集(はちだいしゅう)が根幹となって形成されている。『古今和歌集』以下、『後撰和歌集(ごせんわかしゅう)』『拾遺和歌集(しゅうい)』『後拾遺和歌集(ごしゅうい)』

『金葉和歌集』『詞花和歌集』『千載和歌集』『新古今和歌集』だ。八代集は、いわゆる勅撰集で、天皇の下命によって作られた歌集だ。これは、重要なことで、五・七・五・七・七という短歌のかたちが公的でかつ権威あるものとなっているわけだ。つまり、『古今和歌集』こそが、やまと歌の伝統を作ったということになる。

では、その『古今和歌集』は、どうしてできたかというと、『万葉集』を範として「続万葉集」として出発している（一九五頁）。『古今和歌集』は『万葉集』のどんな点を引き継いだかというと、三つある。一つ目は、短歌という歌のかたち。二つ目は、恋情発想。歌といったら、恋だわな。三つ目は、四季の文学という点。その眼で『万葉集』を読むと、巻八と十、それに十一、十二あたりが、『古今和歌集』と近い質を持っている（一五八～一六五頁）。

つまり、『古今和歌集』が『万葉集』から引き継いだのは、巻八、十、十一、十二の世界だね。これは、あくまで上野の私見だが、みんなは、どう思う？

学生たちには、やや挑発的にこう語るのであるが、恋と四季の文学に、やまと歌の世界は集約される、と私は思っている。恋情発想は、やまと歌の基底にあるもので、日本の歌とは恋を語るものなのである。これは、歌が男女の掛け合いから出発したものだからであろう。だから、万葉歌も、総じて恋情発想だ。したがって、巻八と十、十一、十二は、恋と四季の文学といえるのである。ここに、やまと歌千三百年の伝統の始発点があると見てよいだろう。しかしながら、日本の歌の範型となったのは、やはり『古今和歌集』である。歌を学ぶということは、『古今和歌集』を学ぶということとイコールなのであった。平仮名、片仮名が普及すると、ヤマト言葉を漢字のみで記した『万葉集』は、きわめて難しいものになって、平安時代の文人たちも、そのほとんどが読めなくなっていたのである(源順『源順集』詞書、天暦五年[九五一])。

もう一つ大切なことは、『万葉集』の後期にあたる奈良時代の後半に入ると、歌は、「ものごと」を語るものから、「あや」を楽しむものに変化しており、後者がやまと歌の主流をなすに至ると、『万葉集』の多くの歌々は、範型(=お手本)外のものになってしまったのである。

『万葉集』から『古今和歌集』へ

『万葉集』の核となった巻一と巻二の一部の資料の形成は、持統朝(六八六~六九七)に遡る。しかし、十六巻までが形成されたのは、天平十七年(七四五)から翌十八年にかけてである。おそらく、宝亀二年(七七一)から、平安京に遷る桓武天皇の延暦十三年(七九四)までの間に、最終的な編纂がなされたと考えられるのだが、その後も、『万葉集』が写本として写されるたびに本文が変化しているはずだから、現在われわれが目にする『万葉集』の成立年代を確定することは難しい。だから、私などは、人に聞かれると、奈良時代の後半、八世紀後半くらいに考えておけばよいでしょう、と答えることにしている。

今日の私たちは、国民国家の枠組みのなかで生きており、そのなかで『万葉集』は、『源氏物語』と並び称されるいわゆる「国民文学」となっている。しかし、それは、正岡子規（一八六七〜一九〇二）の『万葉集』再発見、再評価以降のことである。古典というものは、休眠と覚醒の繰り返しのなかで読まれ続けている書物のことをいうのだが、歴史的に見ると、現代ほど『万葉集』が尊ばれている時代はないといえよう。

では、『万葉集』という古典がいわば休眠状態から最初に再発見、再評価された時は、いったいいつなのであろうか。それは、醍醐天皇（在位八九七〜九三〇）の時代であった。とりもなおさず『古今和歌集』の序文は、いわば『万葉集』による「文芸復興宣言」というべき観がある。紀貫之の仮名序は、次のように記している（拙訳）。冒頭の「こういった状況」は、やまと歌が廃れてしまった時代のことを指している。

（前略）

こういった状況に陥っていたのだが、今の帝の政治がはじまってから、四季のめぐること九回すなわち九年となり、新しい時代がやって来た。帝の慈愛の心の波は日本の島々の外までもあまねく広がり、広大なるご恩恵の陰は筑波山の麓までも広がっている。

帝は、よろずのご政務をお取りになる暇、万事を捨ててはおかぬというご意思の下、昔から続いている伝統のことも忘れてはなるまい、古くて顧みられなかったことをも再興しようと、今は帝ご自身もこの復興にたずさわり、後世にも伝われ――という思し召しによって、延喜五年（九〇五）四月十八日に、大内記紀友則、御書所預紀貫之、前甲斐少目凡河内躬恒、右衛門府生壬生忠岑らに、ご命令をお下しになって、『万葉集』に入らなかった古い歌々と、私ども自身の歌々とを献上させたもうたのであった。

それらの歌々のうち、梅を頭に挿す新春の歌よりはじまって、ほととぎすを聞き、紅葉を手折り、雪を眺める時に至るまでの四季の歌々、また鶴亀に託して主君を言祝ぎ、人を祝福する歌々、秋萩・夏草を見て恋人を慕う歌々、逢坂山までやって来て手向けの祈りを捧げる歌々、さらには春夏秋冬の歌々に分類できない「くさぐさの歌」の撰を私たちにおゆだねになった。その総数は一千首、二十巻、名づけて『古今和歌集』というのである。

（後略）

まず、醍醐天皇の帝徳を讃え、天皇自らがやまと歌の絶えた伝統を復活させようとの意思を持って、勅命を下して、『古今和歌集』ができたことを述べている。「万葉集に入らぬ古き歌」とは、二つ考えなくてはならない。一つは、『万葉集』の時代の歌で、『万葉集』に入っ

ていない歌である。もう一つは、『万葉集』以降に詠まれた歌である。つまり、『古今和歌集』のいう「古今」とは、

古今→古　万葉時代の歌々と万葉以降の醍醐朝以前の歌々
　　→今　撰者とその同時代の歌々

ということになる。

もう一つ、重要なことが、引用部の後半に書いてある。梅、ほととぎす、紅葉、雪という春夏秋冬の四季の歌と、それに分類されぬ「くさぐさの歌」を中心に、歌を選んだと述べているところである。つまり、四季の歌に入らないものは、「くさぐさの歌」なのである。梅、ほととぎす、紅葉、雪というような四季を代表する風物は、まさしく万葉の時代に定着したいわば歌の定番の風物である。景として詠まれるものとするならば、「景物（けいぶつ）」という分析用語があるが、「景物」である。そして、それはまさしく、『万葉集』巻八と十の世界なのである。たとえば、こんな具合である。『万葉集』と『古今和歌集』の春秋歌の競演とゆこう。

▽雲の上（うへ）に　鳴きつる雁（かり）の　寒きなへ　萩（はぎ）の下葉（したば）は　もみちぬるかも

訳 雲の上で鳴いた雁の音が寒くなると同時に、萩の下葉は色づきはじめたなぁ……。（巻八の一五七五）

▼夜を寒み　衣かりがね　鳴くなへに　萩の下葉も　うつろひにけり

（『古今和歌集』巻第四の二一一）

訳 夜が寒いので衣を借りたい気分だが、雁が鳴くと同時に……萩の下葉の色もうつろってしまったなぁ――。

▽冬過ぎて　春し来れば　年月は　新たなれども　人は古り行く

（巻十の一八八四）

訳 冬が過ぎて春がやって来ると……年月は新たになるのだけれど、人は古くなってゆく。

▼百千鳥　さへづる春は　物ごとに　あらたまれども　我ぞふりゆく

（『古今和歌集』巻第一の二八）

訳 百千鳥がさえずる春は、ものごとは新しくなるけれど、私だけが古びてゆく――。

言葉も発想法も類似していて、いわば万葉歌をもじるかたちで古今歌の表現が成り立っているように見える。

『古今和歌集』仮名序の万葉観

では、『古今和歌集』仮名序は、『万葉集』をどのような書物と見ているのであろうか。次のように記されている（拙訳）。


（前略）

歌なるものは、かくのごとくに連綿と続いているのではあるけれど、ことに奈良時代からさらなる広がりを見せたのである。奈良時代の帝は、歌に造詣が深かったのであろう。かの御代には、正三位柿本人麻呂がその名を馳せ、「歌の聖」と呼ばれていた。かの歌の聖の出現によって、君臣が一体となったといわれているところである。秋の夕べに、龍田川に流れる紅葉も帝の御目には錦として映りたまい、春の朝の吉野山の桜は、人麻呂の心には、雲かとばかりに映じたのであった。また、山部赤人という人がいた。その歌は、不思議なほどに、妙なるものであった。人麻呂は赤人の上に立つことが難しく、赤人は人麻呂の下に立つことが難しいといわれるほどであった。

（後略。ここで奈良の帝の歌、柿本人麻呂の歌、山部赤人の歌を紹介する注記が入る）

ここで重要なことは、『万葉集』が「ならの御時」から広まったと伝えられていることである。ところが、この「ならの御時」がなかなか難しい。二つ説があって、一つは奈良に都があった時代の歴代の天皇と取る説。もう一つは、平城天皇（在位八〇六～八〇九）と取る説である。平城天皇は、譲位後に平安京からふたたび平城京に都を戻し復位しようとして失敗した天皇である（薬子の変、大同五年［八一〇］）。変の後は、太上天皇（上皇）として崩御まで遇されるも、平城宮にいわば幽閉されていたのであった。

つまり、大同五年から天長元年（八二四）まで、十五年間、平城宮に居住した太上天皇なのである。したがって、奈良時代の天皇でもなく、天皇として奈良に居住したわけでもない。平安京の時代に、平城京への回帰を企て、奈良で崩御した太上天皇なのである。『古今和歌集』の時代、この事実が強く印象づけられていたため、「ならの御時」といえば、平城天皇の御代が想起されてしまうのである。百年前の歴史ともなれば、イメージで語られてしまう。

したがって、私はこう考える。「ならの御時」とは、奈良に都があった時代と考えてよく、奈良に住して崩御した平城上皇の時代をも、それに準じたものと考えられていた。だから、平城天皇も、「ならの御時」の天皇と考えられていたと見てよい。飛鳥に都があった時代（五九二～六九四）、藤原に都があった時代（六九四～七一〇）、平城に都があった時代（七一〇

〜七八四）といっても、平安京の生活者、それも平安遷都後百年を経た人びとから見れば、すべて「ならの御時」として記憶されていたのである。

だから、藤原京の時代に活躍した柿本人麻呂も、平城京の時代の山部赤人も、おしなべて「ならの御時」の人物と認識されてしまうのである。いわゆる土地勘とは、そんなものだ。関西圏に住んでいれば、横浜や千葉も東京としてイメージされるし、関東圏に住む人にとっては、京都と奈良は同じような場所としてイメージされることがある。それと同じなのである。

次に、重要な点は、人麻呂が「歌の聖」と記されている点であろう。ではなぜ、人麻呂が「歌の聖」と呼ばれたかといえば、「君も人も身を合はせ」る歌を作ったからであると説かれている。つまり、その歌の力によって、「君臣一体」を実現できる者こそ、「歌の聖」なのである。歌には、身分を越え心と心を結びつける役割が期待されるのである。本書が、交流という視点で『万葉集』を考えようとするのも、この考え方に由来する。歌には、身分、地域、男女の壁を越える役割が期待されていたのである。おそらく、人麻呂の場合、本書で紹介した吉野讃歌などが念頭に置かれてのことであろう（五一〜五二頁）。山川の神をも従える天皇のもとで働く大宮人の姿こそ、君臣一体を表すものである、と考えられていたのである。

続いて、『古今和歌集』仮名序は、人麻呂と赤人の評価についても述べている。その評価は、甲乙つけ難いという評価である。人麻呂は、壮大な長歌にも、繊細な短歌にも、いわば秀作を残している。どの歌が秀作か、駄作かということは、評価基準の問題である。だから、基準が変われば評価も変わるのであるが、人麻呂の場合、後代への影響がきわめて大きいという点で、私は「いわば秀作」という判断を下したのである。なぜならば、基本的に人麻呂以降の長歌というものは、すべて人麻呂長歌の模倣ということができるからである。

以上見てきたごとく、人麻呂と赤人をもって、万葉の代表歌人とする考え方の源は、じつはここにあるのである。

『万葉集』から百年

このあと、仮名序は、『万葉集』の成立について言及する（拙訳）。仮名序の語りに、耳を傾けよう。

（前略）

柿本人麻呂、山部赤人というような歌人を別にして、それ以外にもまたすぐれた歌人たちが御代ごとにその名を馳せ、その時々に絶えず名を馳せていたのである。かくのごとくにやまと歌が隆盛していた奈良時代の歌々を集めたものが、『万葉集』と名づけられた歌集なのであった。

今、やまと歌が栄えていた古い時代のこと、歌の心を知る人もわずかに一人、二人となってしまった。そういうやまと歌の理解者の彼らの間にも、長所と短所が互いにあったのである。奈良の御代よりこのかた、年は百年余りたち、帝の御代は十代を経た。その間、昔のことを知り、歌の心を知り、歌を詠むことのできる人は、多くはなかったのである。

（後略。ここで僧正遍照の歌、在原業平の歌、文屋康秀の歌、喜撰法師の歌、小野小町の歌、衣通姫の歌、大友黒主の歌を紹介する注記が入る）

ここには、「この人々」すなわち人麻呂と赤人以外にもすぐれた歌人が登場したのであるが、やまと歌が廃れてしまったことが記されている。つまり、すでに多くの学徒が指摘しているように、『万葉集』以降は、やまと歌が廃れ顧みられなくなり、だから今、やまと歌を復興させるために『古今和歌集』を作るのだ――という明確な主張があるのである。

そこで問題となるのが、帝の十代と百年という「時」である。十代となると、遡ると醍醐・宇多・光孝・陽成・清和・文徳・仁明・淳和・嵯峨・平城となって、平城天皇の御代となる。百年は、仮名序の延喜五年（九〇五）から百年遡ると大同元年（八〇六）となり、平城天皇が即位した年となる。おそらく、平城天皇をもって、奈良に都を置いた最後の天皇とする考え方があったのであろう。平城天皇という呼称は、もちろん崩御後に付けられた追号（諡）であるが、追号も、奈良の都である平城京の天皇という意味が込められているのである。少なくとも、延喜時代（九〇一～九二三）の人びとは、平城天皇という呼称から、奈良時代の天皇とイメージしていたのである。

平城天皇『万葉集』勅撰説

平城天皇と奈良とが、イメージのうえでは密接に結びついていたということについては、すでに述べた。これは『万葉集』がいつできたか、という問いと直結する問題である。おそらく、平安時代に入るとすでに、『万葉集』の成立時期について、それは不明になっていたのであろう。清和天皇（在位八五八～八七六）は、文屋有季（生没年未詳、貞観年間［八五九～八七七］には存命）に「万葉集はいつごろ作られたのか」と問いかけている。有季は答えて次のような歌を献上した。

神無月　時雨降りおける　楢の葉の　名におふ宮の　古言ぞこれ

（『古今和歌集』巻第十八の九九七）

訳 十月の時雨は色づいた楢の葉に降り注ぐということでございます。その「なら」の名を負う宮の時代の古言、すなわち古い歌々でございます。

ここでも、「楢の葉の名におふ宮」が問題となる。平城天皇の時代と取るか、奈良に都があった時代と取るかは説の分かれるところである。私はこれを、後者で解釈したうえで、当時の人びとは平城天皇を奈良に都があった時代の天皇であると考えていたと考える。これも、繰り返しとなるが、追号に「平城」とあるので、平城天皇＝奈良時代の天皇というイメージは強固なものとなっていたのである。こういうイメージを背景に、『万葉集』の平城天皇勅撰説が生まれたのであろう。紀淑望(きのよしもち)の手になる『古今和歌集』の真名(まな)序（漢文序文）には、次のようにある。訳文（拙訳）を掲げておこう。

（前略）

昔、平城天皇は側近の臣下に命をお下しになって『万葉集』の撰をゆだねたのであったが、その時以来、歴代の天皇は十代、年数は百年の時が過ぎ去ってしまった。その後はやまと歌は、世の人びとから捨てられて顧みられることなどなかった。（中略）そこで醍醐天皇は、ひとたび絶えたやまと歌の伝統を引き継ごうと思し召し、久しく廃れていたやまと歌の道を再興しようと思い立たれたのである。

そこで、このたび、大内記紀友則、御書所預紀貫之、前甲斐少目凡河内躬恒、右衛門府生壬生忠岑らに勅命を下し、各人の家の集と古(いにしえ)から伝わっている古い歌々とを献上させたのであった。これが「続(しょく)万葉集」である。この時にあたり、ふたたび醍醐天皇は勅命をお下しになって、撰者らが献上した歌々を分類して、二十巻に編集したのである。これを名づけて『古今和歌集』というのである。(中略) あぁ、人麻呂はすでに没してしまったけれど、やまと歌はここに残ったではないか――。

延喜五年乙丑(きのとうし)四月十五日　紀貫之ら、ここに謹んでこの序文を献上いたします。

ここでは、『万葉集』は平城天皇の下命による勅撰集ということになっている。が、しかし。平城天皇勅撰の事実を、六国史(りっこくし)(『日本書紀』以下の六つの正史)の他の資料によって、確認することはできない。

最後の言葉「人麻呂はすでに没してしまったけれど、やまと歌はここに残ったではないか」の部分は、今こそ、やまと歌復興の時なり、という決意を表明して、締めくくりの言葉としている。やまと歌の道は、まさしく歌聖、人麻呂の道だったのである。

さて、真名序には、このほかにも独自の伝えがある。それは、撰者たちに、「家の集」と「古の旧歌」を天皇の下命によって献上させて、それを「続万葉集」と呼んだという伝えである。この伝えが正しければ、家々には、その家に伝わる家ごとの歌集、すなわち私家集があったということになる。これは、万葉学徒が先行歌集と呼ぶ「柿本人麻呂歌集」や「田辺福麻呂歌集」「高橋虫麻呂歌集」と同じようなものであろう。各家から集められた歌々が、「続万葉集」なる書物となり、その「続万葉集」をさらなる天皇の下命によって分類して編纂をしたのが、『古今和歌集』だというのである。『古今和歌集』の原資料を「続万葉集」と呼んでいたことは、『古今和歌集』が『万葉集』を継ぐものとして、企画されたことを明確に示している。

『万葉集』へのあこがれ

続集ができるということは、そこに『万葉集』への憧憬の念があったからである。この「続万葉集」に対して、『新撰万葉集』なる書物がある。この書物は、上下二巻からなり、通説では、上巻は菅原道真撰といわれているが、成立年代の確定も難しく、伝本の異同も多いうえに、難解で、学者泣かせの本である。内容は、やまと歌と漢詩を対応させて、その二つを味わう仕立てとなっている。上巻の序文には、寛平五年（八九三）の日付が記されているから、『古今和歌集』序の延喜五年（九〇五）とは、そう時が離れてはいない。その上巻序文には、次のようにある。「新撰万葉集序注釈」（新撰万葉集研究会編『新撰万葉集注釈（一）』和泉書院、二〇〇五年）をもとに作成した拙訳を掲げておこう。

　まず、最初に言っておきたいことは、『万葉集』は、古歌という大河の流れを汲むものであるということである。牛馬を動かす鞭のように人の心を動かす天下の名詩として、いまだかつて『万葉集』ほど称讃されたものはない。いわんや、かの中国において、新しき流行歌としてもてはやされた鄭国や衛国の歌のようなものは、『万葉集』より見れば、ものの数にも入らないといえよう——。

『万葉集』を、天下の名詩と崇めている。そうでなくては、『新撰万葉集』というような書名を付けないであろう。菅原道真（八四五～九〇三）は、その学識によって、行政官のトップに立った人物であり、文人政治家として行政改革を推し進めようとした人物である。彼は、唐の情勢が不安定であり、危険を冒して行く必要はないとして、遣唐使の廃止を建言したことでも著名である。

つまり、やまと歌復興の気運は、日本回帰の基調のなかで起こったことなのである。とすれば、中国の鄭衛の歌などよりも高雅であるという言説も、当時の貴族層の日本回帰志向の意識を反映していることは間違いない。

日本文化の象徴

やまと歌は、こういった日本回帰の基調のなかで、日本文化の象徴となってゆく。それは、日常の会話とは異なる日本語であるにしても、自分たちの使っている日本語とつながる歌だからにほかならない。そこに、個人の心情が盛り込まれているのだから、やまと歌は、漢詩に対して、より身近な詩となるのである。つまり、「やまと」とか「倭」「日本」が強調される時には、漢との対比があるのである。この点については、後述したい（二三〇～二三四頁）。歌も広くいえば、学知の一つである。私は本書で、『万葉集』から『古今和歌集』が受け継いだものがあること、それがのちのやまと歌の源流になると再三強調してきた。短歌体で、恋情発想で、四季の花鳥風月を歌う一つの詩のスタイルである。それは人が選んだスタイルなのであるが、その歌や歌の発想法が、逆に人格を作るということもあるのである。

私は、「やまと歌的人格」なるものが存在すると思う。それは、確実に人と人との関係性、人と自然との関係性にも影響を与えていると思う。人は歌を作り歌うが、歌も人を作るのである。たとえば、客を家に迎えるとすれば、花は何を飾るか、料理にどのように季節感を盛り込むかということを、まず気に掛けるはずだ。茶道の「お茶事」とは、喫茶儀礼のなかに、やまと歌の世界を実現させる行為そのものではないか。この点については、華道も、香道も同じことだ。絵も、陶芸もすべて同じである。

もちろん、こんな説を述べると、いったいどれほどの日本人が歌や茶華道に親しんでいるのか、少数の事例で多数を語ろうとしているのではないか、と疑問を呈する人も多いかもしれない。しかし、私は、やまと歌的美意識は、日本のほぼすべての芸道の底に流れているものであって、これほど浸透しているものはない、と感じている。寺院に行けば、庭を見る。ふすま絵を見る。壺を見ても、何を見ても、それはやまと歌の世界を具現化するものではないのか。花と紅葉を見て、その美を愛でるのも、やまと歌の美意識があるからだ。逆に私たちの心性は、やまと歌的美意識に支配されているかもしれないのである。

やまと歌的美意識は、日本人の行動様式にも大きな影響を与えている。これまでに、何万人という知識人たちが、辞世の歌や句を残して死んでいったのだろうか。それは、後世に残る言葉として、短歌や俳句のかたちを好んだからである。もちろん、これにも反論があるだろう。それも一部の知識人のことではないか、と。しかし、私は、こういった心性も、普遍的に日本人に共有されている、と思う。

たとえば、会社で不祥事が起こったとする。その場合、かつては、多くの言葉を残さず、その職場を多くの人びとが去っていった。やまと歌的人格を持つ人は、説明を極端に嫌うという性格を有しているからである。正しい主張であっても、弁明を嫌うのである。つまり、言葉を切り詰めて切り詰めて、捨てて捨てて、その余韻、余情によって、相手が察することを期待する腹芸の世界こそ、まさしくやまと歌的人格の最たるものである。

しかし、やまと歌的人格を、礼讃（らいさん）ばかりはしていられない。これまで、たとえ正しい主張であっても弁明せずに、どれだけの人びとが職を去ったか――、と思うと恐ろしくもある。そして、それに続く「切腹」「自死」。いや、弁明を許さない社会的雰囲気が醸成されれば、弁明したくてもできないのである。弁明そのものが、美学に反するものとされ、黙したまま死んでいった人がどれだけいたことか――。

やまと歌は、日本人と日本の風土が作り出したものだが、そのやまと歌は、人の心のありよう、心性をも支配しているのである。同じことは、桜についてもいえるかもしれない。桜も、やまと歌と並ぶ日本文化の象徴だが、桜のように、パッと咲いてパッと散る美意識が、日本人の心性を支配しているともいえる。だから、桜も、人の心を支配している、と私は考えている。文化とは、そういうものだ、と思う。

『万葉集』という歌集名をどう理解するか

さて、話を文化論から『万葉集』に戻すとしよう。書名の問題も難しい。

「万葉」の「万」は、「よろず」で、たくさんを意味する。次に「葉」であるが、その漢字の本義は、「草木の葉（leaf）」である。ところが、本義から派生した使い方もある。一つは、草木の葉からの連想で「紙」。さらには、紙からの連想で「文学作品」。もう一つは、草木の葉が、同じものが多くあるという連想から、「世」「代」を表すこともある。

そこで、「万葉」という熟語となった場合は、どう考えればよいかというと、

▽たくさんの紙やたくさんの作品（仙覚『万葉集註釈』巻第一［文永六年〈一二六九〉成立］を起源とする説）

▼たくさんの世や代（契沖『万葉代匠記』［初稿本、貞享四年〈一六八七〉成立。精撰本、元禄三年〈一六九〇〉成立］の一説を起源とする説）

ということになる。『万葉集』の書名については、一九七〇年代までは、だいたい次のように教えていた。

　万葉の意味は、「万」は「よろず」ですから、よろずの言の葉。言の葉は、言葉で、たくさんの歌のことをいうのです。だから、たくさんの歌を集めた歌集というのが、その本義でしょう。

ところが、小島憲之（こじまのりゆき）という漢文に比類なき学識を持った碩学が出て、漢語「万葉」の用例を検討したところ、別の結論を導き出すに至ったのである。小島は、『万葉集』が形成された時代までの用例をつぶさにかつ適切に調べてみると、「万葉」は基本的には「万世」「万代」の意味で使われているので、『万葉集』の「万葉」も、「万世」「万代」の意味であると説いたのであった（小島憲之『上代日本文學と中國文學　中』）。したがって、小島の論文以降は、

　かつては、たくさんの歌という意味で取っていましたが、今、優勢な学説は、「万世」「万代」の意味と取る説の方です。ですから、永遠に朽ちないとか、未来永劫（えいごう）に伝われ

とか、そんな意味だと考えておけばよいでしょう。

というように、説かれていた。私などが、大学で勉強しはじめた時の趨勢は以上のごとくであった、と思う。

これに対して、さらなる反論が出た。それは、『萬葉集一（新日本古典文学大系）』（佐竹昭広ほか校注、岩波書店）の「萬葉集を読むために　書名と部立について」という解説文である。この解説文では、日中の古典の命名法を検討して、書名にその不滅性をうたう例などなく、すばらしい作品の集ならあり得るとして、「『万葉集』という書名は、思うに、四千五百あまりの歌を繁茂する木の葉に譬えて、よろずの葉を集めるという意味であった」とした。この考え方は、これより前に発表された校注者の一人である大谷雅夫の考え方に近いものである（「『万葉集』書名の考察」『文学』第五十六巻第六号掲載）。つまり、「よろづの言の葉」説が、復活したのである。

ところが、この大谷の考え方に対して、今度は中国古典文学研究者の松浦友久が、一部を認めたうえでこう反論したのであった。松浦は、「『万葉集』は、「万世・万代」の基本義に、「多くの言の葉・多くのすぐれた歌」の意味を重ねた「双関語」、と考えるのが妥当だ」（『『万葉集』という名の双関語――日中詩学ノート』）というのである。すぐれた見解であろう。

なぜ、私が松浦の説を支持するかといえば、それは『古今和歌集』仮名序の冒頭に「やまとうたは、人の心を種として、万の言の葉とぞなれりける」の一文はもとより、次のような箇所（拙訳）があるからである。

〔六歌仙以外の〕このほかの人びとで、著名な人びとは、野辺に生えている葛のように世に広がって、林にたくさんの木の葉があるように、多くの歌人たちがいるにはいる。が、しかし。その手の人びとは、詠めばそのまま歌になる、とばかりに思い込んでいて、歌にとって大切な、その「さま」というものをまったく知らないようなのだ。

当時の散文は、常に漢文の知識を背景として書かれているものなので、その比喩法などは、漢文を重ね絵の下敷きにしているものが多い。おそらく、ここは、作品と作品を作る作者が多いことを繁茂する木の葉に譬えているのであろう。つまり、

木の葉という原義 → 作品、作家という派生的な意味内容
木の葉という原義 → 時代、世という派生的な意味内容

という二つの派生義があることを、少なくとも、紀貫之は、知っていたと思われるのである。

が、しかし。私は、今、松浦説を支持してはいるのだが、松浦説に修正を加えたいところもある。

しかし、この「万葉」を「万代・万世に伝われという願望」と解釈するのは、中国古典語の用法としては飛躍が大きすぎて誤訳に近い。また、「万代・万世の過去からの作品」と解釈するには、収録作品の制作年代の上限と下限（期間）が短か過ぎる。ごく標準的な解釈を試みるとすれば、『万葉集』が、「万代・万世に伝わるようなすぐれた作品（不朽の名作）の集」の意であることは、ほとんど議論を要しないはずである。

と述べているところである（『万葉集』という名の双関語――日中詩学ノート』）。私は、大谷も松浦も否定した「万代・万世に伝われ」という願望の意味も含意される、と考えている。なぜならば、すぐれた作品を集めた漢詩集や和歌集に、「万代」「万世」の意味を込めて命名すれば、そこには祝福性がおのずから生じてしまう、と考えるからである。もちろん、それは文脈から生じるものであるけれど、文脈といっても、考察の対象とする言葉そのものも文脈を構成するいちばんの要素となることは間違いないからだ。

たとえば、「新年、おめでとう」といえば、新年もよい年であってほしいという祝福の挨拶言葉となる。もちろん、その時には、新年から続く来年、再来年も祝福する気持ちが込められていることだろう。いくら「新年、おめでとう」でも、期間を限定して使っているわけではあるまい。

私の考え方は、こうだ。『古今和歌集』の命名法からも、この書名に願望や祝福の気持ちが込められることは明白である。古今の作品を集めたということは、その作品が後代に伝わるべきものだということを含意するだろうし、伝われという意識もあるはずだ。すでに引用した部分にも「昔から続いている伝統のことも忘れてはなるまい、古くて顧みられなかったことをも再興しようと、今は帝ご自身もこの復興にたずさわり、後世にも伝われ」とあって、書名にはむしろ願望や祝福の気持ちを込めるものなのである。たくさんのすばらしい作品を集めた。それは、今がすばらしい世であるからできたことである。そのすばらしい作品が、永代に伝わることは、良き世が永く永く続くということである。だから、この良き世は、永遠に——、というような意味合いが生じるのである。したがって、万世に伝われという願望や祝福性を否定する必要はまったくない、と思う。

私がそう思うもう一つの理由は、「万葉」「万代」「万世」の訳語と目される「よろづよ」は、『万葉集』にも多くの例があり、一定の祝福性を持っていると考えられるからである(桜井満訳注『万葉集(上)』「万葉集の名義と成立」)。さらには、私が『万葉集』の「万葉」を考えるうえで重要だと考える次の二つの例によっても、「万葉」という言葉に願望や祝福性があることは明白だからである。

『日本書紀』の「万葉」

『万葉集』巻一と巻二の編纂者が、常に参照していた『日本書紀』のなかにも、「万葉」という言葉が登場する。清寧（せいねい）天皇（白髪天皇（しらかのすめらみこと））、顕宗（けんそう）天皇（弟の弘計王（をけのおおきみ））、仁賢（にんけん）天皇（兄の億計王（おけのおおきみ））の三つの天皇紀は、天皇を儒教的聖天子として描く一代紀である。一言でいえば、仁者としての天皇像である。これは、剛腕で善にも強ければ悪にも強い、やんちゃな雄略天皇の物語と対比的に描かれている、と思う。

　弘計王と億計王は、ともに即位を期待される有力な皇子でありながら、政変に巻き込まれて、播磨国（はりまのくに）に逃げて、召使いとなって、身を隠して生きていた。ところが、とある饗宴をきっかけとして、二人の存在が明らかになり、白髪天皇のもとに呼び戻されて、兄の億計王が皇太子となる。白髪天皇が崩御すると、兄の億計王は即位を固辞するのであった。弟の機転と勇断があったから、われわれは生き延びたのである。だから、弟からまず即位すべきだというのである。ところが、弟の弘計王は、それでは白髪天皇の命に反することになると主張して、皇位を譲り合うことになった、という話である。

　この話の背後には、仁すなわち譲り合いの精

天皇家略系図②（数字は皇統譜による皇位継承の順序）

- 1 仁徳
  - 2 履中
    - □
      - 9 仁賢
      - 8 顕宗
  - 3 反正
  - 4 允恭
    - 5 安康
    - 6 雄略
      - 7 清寧

神を持つ仁者として、天皇を美化して描く意図があることは間違いない。兄の億計王が、弟の弘計王に対して即位をするように説得するところ（『日本書紀』巻第十五、顕宗天皇、即位前紀条）に「万葉」という言葉が使われている。訳文（拙訳）を示そう。

今、考えてみると、大王が初めに時に利あらずと逃走された時は、これを聞く者はみな嘆息した。翻って自分が天皇の子孫であることを表明された時、これを見る者は落涙したものである。事態を憂慮していた官人たちは、ともに天を戴く慶びを味わい、哀しみの淵にあった民たちも、大地を踏みしめて立てるという帝徳の恩恵を悦んだのだった。かくして、よく国を治める綱紀となる礼・義・廉・恥という四維によって国の基礎を固め、永く万世にまで栄える国の礎を作りたもうた。その功たるものは、創造の主に近く、その清らかさは、世を照らすほどである。あぁ、何たる英明――。あぁ、何たる偉大さ――。それは、筆舌に尽くしがたい……。

弟よ、どうして即位をためらうのだ、おまえこそ、天皇となるのに相応しい人物だと説得しているところである。そこに、

是以克固四維、永隆万葉（是を以ちて、克く四維を固めて、永く万葉に隆にす）

という一文が出てくるのである。四維は、国土の四隅と解してもよいが、ここは、礼・義・廉・恥というような国家を束ねる者に求められる徳目と解釈しておいた。弟よ、おまえならば、賢人を選ぶことができるし、国を守る諸侯を任命して、その地方を治めさせることができる。そして、四維を固めて、永代の繁栄をもたらすことができる。だから、弟だからといって、皇位継承をためらってはならぬ、というのである。この文脈のなかに、「永隆万葉」という言葉が登場するのである。やはり、この「万葉」にも、すばらしい時代が未来永劫に続くという意味が込められているはずだ。なぜならば、永代まで続く国家の基（もとい）を固めることができるというのであるならば、そこに未来を祝福する要素がないとは、断言できないからである。

もちろん、それは、文脈から生じるものであって、「万葉」という語の意味に、永代を願う心情が含まれるものではないという反論を受けるかもしれない。けれど、「万葉」という文字列が目に入った瞬間に、「千秋万歳」「永隆万葉」というような熟語が想起されてしまうのではなかろうか。「万葉」という言葉は、そういう文脈でしか使われ得ない言葉なのである。

重ね絵の下敷きとなる古典

じつは、『日本書紀』も、さまざまな中国の古典、史書を踏まえて書かれた書物である。それは、前近代の文章というものは、権威ある文献を踏まえて、重ね絵のように文章を書くことが求められていたからである。では、古代の文章に個性や創造性がないかといえば、そうではない。なぜならば、どのような古典を踏まえ、その古典に新味をどう加えるのかという点にこそ、創造性を求められていたからである。この『日本書紀』の顕宗天皇条の「万葉」も、『梁書』本紀第一の武帝上を踏まえて書かれている。『梁書』は、南北朝時代の南朝の梁（五〇二～五五七）の歴史を伝えるもので、貞観三年（六二九）に成立した。『日本書紀』の当該条は、『梁書』の用語と構文を借りて記述されているのである。

『梁書』の原文の「朕又聞之疇庸命徳建侯作屛咸用剋固四維永隆萬葉」という部分を、和刻本の訓点を参考として次のように訳すことができる（中国・華僑大学の郭恵珍訳）。

朕はまた、次のことを聞いている。賢人を選抜し、有徳の士を任命し、諸侯を封じて君主の（安全を守る）障壁とし、（これらの方法を）併用すると、礼、義、廉、恥という国を治める四つの綱紀を固め、千秋万代の永遠の繁栄をもたらすことができる。

これを見れば一目瞭然で、「万葉」という漢語は、「万代」を表し、今と未来について語る言葉であることは、間違いない。やはり、「万葉」は祝福の辞なのである。

『続日本紀』完成奏上の辞の「万葉」

もう一つ、『万葉集』成立時代の「万葉」の語義を考えるうえで重要な例がある。それは、『日本後紀(にほんこうき)』の例である。『日本後紀』は、『続日本紀』に次ぐ六国史の一つで、延暦十一年(七九二)から天長十年(八三三)までの間の「国史」である。したがって、『万葉集』の成立時期にも、比較的近い例となる。その延暦十六年条に、『続日本紀』の完成を報告し、撰者が桓武天皇に対してご嘉納(かのう)を願う上奏文が収載されている。訳文(拙訳)を示そう。

(前略)この『続日本紀』は、編纂作業開始から完成に至るまで、ここに七年を要し、清書を、今終えました。目録につきましては、別に記してあります。私どもが願いますところは、本書が、歴代天皇のご聖徳を明らかにし、天と地果てるところまで民を導き、勧善懲悪を進め、これを万葉に伝えて歴史の鑑(かがみ)となることでございます。編纂にあたりました臣らは、まことに浅はかなる学識を持ちまして、日本国の国史を編纂してしまいました。愚かなる私どものために、いたずらに年月を要したことは、伏してお詫(わ)びを申し上げなくてはならず、畏れ多くもおののくばかりでございます。ここに、謹んで『続日本紀』を献上したく存じます。これを策府(さくふ)すなわち図書寮にお収め下さい。(後略)

『日本後紀』の「伝万葉而作鑑（万葉に伝えて鑑と作さむ）」の一文も、この『続日本紀』を読む人びとが、未来永劫にこの本を歴史の鑑（鏡）としてほしい、という意味だから、「万葉」といった場合には、おのずから未来永劫にという意味が含意されることとなるのである。そこには、万物は流転し、永劫とならざるゆえに、永遠を希求する気持ちが込められていると見てよい。つまり、「万葉」という漢語には、もともと永遠なるものへの憧憬が含意されているのであり、それを含む表現のなかで祝福性を帯びる言葉なのであった。

何の永遠性を願うのか

では、そうなると、なぜその永遠性を願うのか、ということが問題となろう。これは、中国も日本も同じで、現今の帝王の聖寿を祝福し、その後に連綿と続くであろう御代を言祝ぐからにほかならない。端的にいえば、皇統礼讃祝福の表現ということになる。東アジア漢字文化圏は、中国の皇帝制度が普及した文化圏でもあり、その皇帝制度を模倣するかたちで、日本の天皇制も構想されているのであるから、讃美表現もおのずから共通なのである。以上の考え方は、折口信夫の考え方を踏襲するものだが、今、私なりに折口の説を補強すると次のようになる（「万葉集研究」折口信夫全集刊行会編『折口信夫全集』第一巻所収）。

『万葉集』の始発点となる巻一と巻二は、天皇の御代ごとに歌を配列する巻であり、歌で振り返る宮廷の歴史という趣を持っている。次に、『古今和歌集』はもともと『万葉集』の続編として企図されたものであり、それは醍醐天皇の勅命による、やまと歌による文芸復興を目指すものであった。したがって、それは単なる未来永劫の祝福というわけではない。やはり、千秋万歳の皇統の未来を祝福するものなのである。

今日、われわれは、フランス革命以降のグローバルな人権思想を共有し、国民国家の枠組みのなかで学問をしている。けれど、その枠組みが通用するのは、たかだかこの一五〇年の話なのであって、『万葉集』への歌の結集や、その書名を考えるうえでは、役に立つものではない。東アジアの漢字文化圏に生きるということは、漢字だけでなく、漢字で語られる儒教思想のなかで生きてゆくということなのであり、皇帝に支配された時空の下に生きるということにほかならないのである。そう考えれば、漢語「万葉」の意味もおのずから解けるのではなかろうか（元号、暦、年中行事、諸儀礼のなかで、私たちは生きているのである。ないしは、抵抗しながら生きているのである）。

第六章のまとめ

私は、本章において、次のことを述べたので、まとめておく。

①　日本文学史千三百年の歴史を鳥瞰（ちょうかん）すれば、やまと歌こそその中心であり、『古今和歌

集』こそが、その規範となるものであった。『古今和歌集』が『万葉集』から受け継いだものは、短歌体という歌体、恋情発想、四季の文学という性格であり、主に、巻八、十、十一、十二の世界である。

②『古今和歌集』の真名序、仮名序の両序文は、延喜五年(九〇五)当時のやまと歌復興の宣言文のようなものであり、その序文から、平城天皇勅撰説を歴史的事実と認めることはできない。ただし、平安時代の人びとが、『万葉集』を勅撰集だと信じていたことは間違いがない。「続万葉集」『新撰万葉集』が生まれる気運は、同時代の日本回帰の精神を反映するものである。そこから、やがてやまと歌は、唐風文化に対する日本文化のシンボルになってゆく。

③『古今和歌集』のやまと歌観は、神代から連綿として続き、『万葉集』において隆盛を極め、以後百年の暗黒時代を経て、これからやまと歌を復興しようという歴史認識に基づくものである。その『万葉集』の時代は、奈良に都があった時代と把握されており、奈良に幽閉されていた平城上皇こそ、奈良時代を締めくくる天皇と目されていたのである。

④『万葉集』の名義には諸説があるが、当時の語義としては「万葉」は、永久、永代、永世の意味と考えざるを得ない。しかし、「葉」はもともと「木の葉」を表すものであるから、木々が茂り、たくさんの葉があることも連想されるので、たくさんの歌という

意も含意されているはずである。この考え方は、松浦友久説を踏襲するものであるが、私説と松浦説が異なるのは、祝福性があると考える点である。よき御代には、よき歌がたくさん生まれる。だから、これからの御代にもよき歌がたくさん生まれますようにという願いが込められているのである。「葉→世」がこれからも重なって続いてゆけ——という願いも込められている、と『万葉集』の書名については考えるべきである。

終章　偉大なる文化遺産のゆくえ

日本の歌の二つの源流

・言葉を使って生きてゆくということは、言葉に支配されるということである。
・日本語を使って生きてゆくということは、日本語に支配されるということである。
・漢字を使って生きてゆくということは、漢字に支配されるということである。

しかも、言葉も漢字も、歴史を背負って、今、ここに存在する。日本社会は、無文字社会から、漢字を学習することによって、東アジア漢字文化圏に組み入れられた。そのなかで、さまざまな試行錯誤が行なわれ、歌を書き留めることに成功し、先行歌集が成立し、歌が一つの歌集に結集されたのである。こういう現象も、中国を中心とする東アジア漢字文化圏に組み入れられることによって起こった現象の一つなのであった。

すると、日本の歌は、二つの源を持つということになろう。一つの淵源は、日本語の歌である。私たちが、未来永劫に知り得ない、五世紀以前の人びとが口から耳、耳から口へ歌い継いでいた日本語の歌々である。私たちは、その名残を、『万葉集』から推定することはできても、その全貌を知り得ることはできないのである。

『文選』なくして『万葉集』なし

もう一つの源は、中国の『文選』という書物である。『文選』は、昭明太子（実名は蕭統。五〇一～五三一）の撰による詩文集で、彼は、南朝の梁の初代皇帝である武帝の長男である。編纂時期は、およそ五二六年から五三一年までに絞ることができる。収載された詩文の年代は、紀元二世紀ないし三世紀から六世紀前半に及ぶもので、たいそう広いものである。

中国においては、書物を、儒教経典にあたる「経部」、史書に相当する「史部」、諸子百家の思想書にあたる「子部」、今日、文学に分類される「集部」に四分類する。『文選』は、現存する「集部」のなかでは、最古の「集」ということになる。じつは、『万葉集』の「集」も、この「集部」の集に由来するものなのである。『文選』は、そのうち「総集」と呼ばれるものである。「総集」とは、異なる作者の作品を集めた「集」を示す言葉である。これに対して、特定の個人の作品を集めた「集」を「別集」という。もうすでに、賢明なる読者は、「柿本人麻呂歌集」「田辺福麻呂歌集」「高橋虫麻呂歌集」というような先行歌集が、「別集」

に該当することを想起しているはずだ（一四〜一六頁）。そう考えると、『万葉集』も『古今和歌集』も、「総集」にあたる書物なのである。

顧みれば、『万葉集』は、個々や家々に伝来していた「別集」を原資料として形成された歌集であり、「続万葉集」たる『古今和歌集』も、同じ方法で作られた歌集なのであった。

「雑歌」「挽歌」などという部立

翻訳されて歌に取り込まれた漢語

花鳥風月を歌う天平万葉の趣向

などなど、それらは主として『文選』と、後述する詩集『玉台新詠（ぎょくだいしんえい）』に学ばれたものであった。つまり、『万葉集』とは、日本の『文選』にほかならないのである。

ここで、具体的に、『文選』や『玉台新詠』から着想と表現を借りている歌を挙げてみると、有名な額田王の天智天皇を恋慕する歌も、その一つだ。

「君待つと我が恋ひ居れば」

君待つと　我（あ）が恋ひ居（を）れば　我（わ）が屋戸（やど）の　簾（すだれ）動かし　秋の風吹く

訳 アナタを待って私が恋い慕っていると……私の家の戸のすだれを動かす秋の風吹く。（巻四の四八八）

これは、『文選』第二十九巻「雑詩」の張茂先（ちょうもせん）「情詩」を重ね絵の下敷きにするものである。拙訳も掲げておく。

清風動帷簾　清風が、とばりやみすを動かして
晨月照幽房　有明の月が、奥の部屋をも照らす
佳人処遐遠　夫は、はるか遠くにいて
蘭室無容光　蘭（らん）の香りのするこの部屋には、あのすばらしい姿を見ることができない
襟懐擁霊景　心のうちには、おもかげを抱いてはいるけれど
軽衾覆空牀　今は、薄いふとんが主のいない寝台を覆うのみ
居歓惕夜促　共寝の喜びを知った時は、夜の短さを惜しんだものだが
在感怨宵長　一人寝の今は、夜の長さの方が恨めしい
拊枕独嘯歎　枕を撫で、ただ一人嘆き
感慨心内傷　あらぬことを思っては心のうちに傷みを抱く今このごろだ――

同じ詩は、『玉台新詠』巻二にも採られており、明らかに額田王の歌は、『文選』『玉台新詠』に学ぶものである。私は、重ね絵という言い方を用いてきたが、こういうあり方は、模倣といえば模倣だが、洋の東西を問わず詩というものは、過去の名詩、名文を下敷きにして、表現するものであった。むしろ、下敷きとした漢詩をいかに日本語の詩として自分のものとするかという点にこそ、詠み手の学識や創造力が問われたのである。漢詩の世界をみごとに短歌体にまとめあげたところに、私は額田王の力量を感じる。旅する男に待つ女、女は待つのに男は来ないという現代の演歌にまで続くモチーフの源は、ここにあるのである。

なぜ『文選』だったのか

ではなぜ、日本において、『文選』が学ばれたかといえば、それは、中国において、群を抜いて権威のある「集」だったからである。つまり、『万葉集』の形成期においては、『文選』は、東アジア漢字文化圏でもっとも有力な「総集」だったのである。川合康三は、『文選』以降の「総集」、たとえば『文苑英華(ぶんえんえいか)』一千巻も、『文選』の分類法を踏襲しており、『文選』はすべての「総集」の手本となった書物であると説いている。川合は、これを「総集編纂の典範」と呼んでいる。つまり、「総集」の雛型(ひながた)、範型ということだ（川合康三ほか訳注『文選　詩篇（一）』「解説」）。

東アジア漢字文化圏においては、経・史・子・集を学ぶことが、文化圏入りの最低条件であり、吐蕃国（現在のチベットに存在した王国）の王の娘である公主もこれを求め、唐の秘書省が『礼記』などとともに『文選』を写して贈っている。この事実は、東アジア漢字文化圏における『文選』の広がりを示すものである。また、唐時代の科挙すなわち官吏登用試験には、詩が課され、作詩の手本とされたのも『文選』であった。

このように『文選』は、なかば公的書物であったから、施注が行なわれ、その注釈書が、唐の皇帝に献上されたのであった。万葉びとたちが利用したのは、李善（?～六八九）の注釈書であった。平城京等から出土した木簡に、李善注の『文選』を写したものがあり、木簡に『文選』を書写して学んだあとがあることについては、早くに東野治之が指摘しているところである（東野治之『正倉院文書と木簡の研究』）。つまり、それほどまでに、『文選』が尊ばれていたのである。

次に掲げるのは高西成介の作成した年表（シンポジウム「新元号令和の典拠を考える―万葉集の散文学―」資料の「元号と『文選』―日本に於ける『文選』受容と関連して―」）に、筆者が加筆改編を加えた略年表である。

五二六～五三一年　『文選』成立。
五八七年　科挙試験開始。隋の煬帝の治世から伝統的詩文への回帰が起こる。
六五八年　李善注『文選』の初注本が献上される。唐の高宗の時代から、その後の武后時代にかけて、数次にわたって補訂がなされ、李善の注による『文選』の地位が確立してゆく。

六八六年　『万葉集』巻一および二の資料が形成されたと思われる持統朝のはじまり（～六九七年）。

七一八年　簡便な五臣注『文選』が献上される。唐の玄宗の時は、ことに科挙に詩が重んぜられて、『文選』がさらに読まれる。

七三一年　吐蕃の使者が公主のために『毛詩』『礼記』『左伝』『文選』各一部を請う（『旧唐書』吐蕃伝上。『唐会要』巻三六）。これは、『文選』の東アジア漢字文化圏への浸透を象徴する出来事である。

七四五年　このころに、『万葉集』の巻十六までが編纂される。

七七一年　この時期以降に、『万葉集』の最終的編纂が行なわれる。

九〇五年　『古今和歌集』の献上。

九六〇年ごろ　宋朝成立。宋初も『文選』が尊ばれ、「『文選』に習熟すれば、進士も半分受かったようなもの」だといわれる（南宋・陸游『老学庵筆記』）。

一〇四四年　宋の仁宗の時代、科挙の科目変更が行なわれ、古文重視へと転換が行なわれる。その後一〇七〇年、王安石の科挙改革によって、詩賦の出題が廃止される。また、このころから『文選』の陳腐さが嫌われ、地位が低下してゆく。

これを見ると、隋唐朝から宋朝までは、まさしく『文選』の時代であったこと、また、注釈ができることによって、世に広まっていったこともよくわかる。

冒頭において、言葉を使う者は、言葉に支配されるという妄説を述べた。それは七世紀後半から八世紀中葉を生きた万葉びとも、東アジア漢字文化圏の一員として『文選』を学んだ人びとであり、その漢字と『文選』に支配された人びとであったということを、比喩的に伝えたかったからである。道具を使うということは、道具に使われることであり、学知といっても、それも自由なものではないのである。その時代には、その時代の学知の枠組みというものがあり、われわれはその中で生きてゆくしかないのである。

『文選』を学ぶということは、それまでに形成されていた中国の古典の総体に触れるということであった。『万葉集』が、『文選』の学習から生まれたことはすでに述べてきたところなのだが、では、その『文選』の学知の淵源は、いったいどこにあるのだろうか。

『文選』の学知の淵源

『万葉集』に歌を結集させた知の淵源が『文選』にあるのならば、その『文選』の拠(よ)って立つ文学理論は、どこに淵源があるのであろうか。川合康三は、『文選』の文学理論が、『文心(ぶんしん)

表　『万葉集』に影響を与えた中国の文学理論と総集

	文学理論	総集
文学全体	劉勰『文心雕龍』（499～501年ごろ成立）	蕭統撰『文選』（526～531年に成立）
詩のみ	鍾嶸『詩品』（513～518年ごろ成立）	徐陵撰『玉台新詠』（534年ごろ成立）

雕龍』（劉勰著）に基づくものであると指摘している。たとえば、詩文を分類して、編纂するには、分類指標が必要であり、その分類指標は文学理論に基づくものなのである。一方、恋情をつづる艶詩を集めた『玉台新詠』（徐陵撰）も、万葉びとに大きな影響を与えた書物であったが、こちらは、『詩品』（鍾嶸著）という理論書の影響を受けているという。『万葉集』の三大部立も、寄物陳思も、譬喩歌というような分類も、以上の文学理論に基づくものなのである。

ここで、川合の作った表に、その成立年代を入れたものを掲げるが、当該の四つの書の詩学が、東アジア漢字文化圏の詩学の潮流となっていったのである。川合は、次のように述べている（川合康三ほか訳注『文選　詩篇（一）』「解説」）。

その後も重要な書として伝えられる四書が三十年そこそこの短期間に集中して作られたことは、六世紀前半に至って文学のかたちがかなりの程度固まり、その成熟した文学観をもとにそれぞれの方向性をもった書物が一気に生まれたことを示している。『文選』の成立は、他の三書と同じく、この時期の文学の成熟が生み出した必然の結果だったのである。

つまり、『文選』は、六世紀前半に成立した詩学とその産物なのであった。しかし、古典詩文というものは、注釈なしではそうそうに読めるものではない。だから、注釈ができ、文選学が確立したからこそ、東アジア漢字文化圏の大地に播（ま）かれた種子のごとくに、『文選』は広がったのである。その『文選』の学知の辺境で咲いた花の一つ、いや草の葉の一つが、『万葉集』なのだといえよう。『万葉集』のみならず、日本の古典は、なべて中国の詩文を踏まえるものなのである。次に、その一例と意識を、巻五の梅花宴序（ばいかえんじょ）から考えてみたい。

梅花宴序の「古」と「今」と

天平二年（七三〇）に、筑紫の大宰府の大伴旅人邸宅で開かれた梅花の宴は、文学史上、特筆すべき宴であった。その時代を代表する歌人が結集し、のちのちにまですばらしい歌宴として語り継がれることとなったからである（「梅花の歌三十二首〔幷（あわ）せて序〕」巻五の八一五〜八四六）。ちなみに、新しい元号となった「令和」も梅花宴序に由来する。けれども、さらにその淵源は、王羲之（おうぎし）（三〇三〜三六一）の「蘭亭（らんてい）の序」と、「帰田賦（きでんのふ）」（『文選』巻十五の「志」に収載）にある。つまり、二重、三重の重ね絵になっているのである（村田右富実（みぎふみ）『令和と万葉集』）。

本書で、私が問題にしたいのは、ことに序文の後半部である。訳文（拙訳）を示そう。

（前略）そんなこんなの喜びの気分は、詩文を書くこと以外にどう表せばよいというのか――。かの唐土（もろこし）には、舞い散る梅を歌った数々の詩文がある。昔と今にどうして異なるところなどあろうぞ。さあ、さあ、われらも「園梅（えんばい）」という言葉を題として短歌を詠み合おうではないか……。

ここには、「古」と「今」の対応構造がある。「古」は明らかに中国の詩文を指し、対する「今」は「今、ここ、自分たち」を指す。つまり、範となるべき「古」は中国にあり、今、私たちは「短詠」をなすといっているのである。ここでいう「短詠」とは、「短歌」のことにほかならない。実際にこのあと続く三十二首の歌は、すべて短歌体である。梅花宴序の「古」「今」は、

古今
→ 古、中国の漢詩
→ 今、自分たちの短歌

というように、「古」（中国）と「今」（日本）が対応しているのである。では、その「古」とは何かといえば、中国で六世紀の前半に成立した『文選』や『玉台新詠』などの古典なのである。つまり、『万葉集』には、中国古典の翻訳文学としての側面があるのである。いや、『万葉集』そのものが中国古典を始発点としているのである。

私は、のちに日本文化のシンボルともなるやまと歌の伝統は、『古今和歌集』からはじまると述べた。そして、八代集に続く。その『古今和歌集』は、「続万葉集」として出発し、『万葉集』巻八、十、十一、十二の世界を受け継いでいる。つまり、『万葉集』こそ、日本の歌の源であり、もっとも日本的な歌だといえる。

が、しかし。それは同時に、もっとも中国的な歌であるということもできる。だから、私は、『万葉集』はもっとも日本的で、もっとも中国的な文学であると、常に学生たちには語っている。源流を遡れば、必ず日本に辿り着けるというのは大間違いで、源流を遡れば遡るほどに、中国文化に辿り着くのである。じつは、答えは逆で、中国文化が日本という島国に入って、日本化がはじまるのである。政治制度、文化も、それは同じである。つまり、日本は、翻訳文化と改良文化の大国なのであって、導入したものの翻訳と改良にこそ、その日本文化の創造性があるといえるのである。

阿倍仲麻呂の歌は、渡唐していたこともあってか、『古今和歌集』に収められている。有名な「天の原　ふりさけ見れば　春日なる　御蓋の山に　いでし月かも」（巻第九の四〇六）である。阿倍仲麻呂の生年については二説あるが、その一説は、大宝元年（七〇一）生誕説である。この説を取ると、聖武天皇と、盛唐の詩人である李白と王維は、ほぼ同年生まれということになる。

天平時代を生きた天皇と、唐に渡り、高官となった阿倍仲麻呂。その阿倍仲麻呂と詩を交換しあっていた李白と王維。彼らは同い年なのである。これは何を意味するのだろうか。それは、日本と唐とが、学知の基盤を共有していた、ということを意味する。前近代の詩は古今の重ね絵なので、詩を互いにやりとりできるということは、相手の踏まえている古典を自分も読んでいるということを前提とする。いや、それは甘いか。暗誦していなくてはならないはずだ。

つまり、詩のやりとりができたということは、学知がすでに発信者と受信者に共有されているのであって、そこに学知の共同体が存在していたということの証なのである（上野誠『遣唐使　阿倍仲麻呂の夢』）。翻って、阿倍仲麻呂が、玄宗皇帝から寵愛を受けて、高官となったのも、日中が共同の知の基盤を持っていたからであった。王維の阿倍仲麻呂送別詩の序文を見ると、日中が同じ文化基盤を有していることを、さまざまな事例を挙げて強調している。私たちは、『万葉集』が、そういった時代の文学であったということを、あらためて確認しておくべきである、と思う（二六～二七頁）。

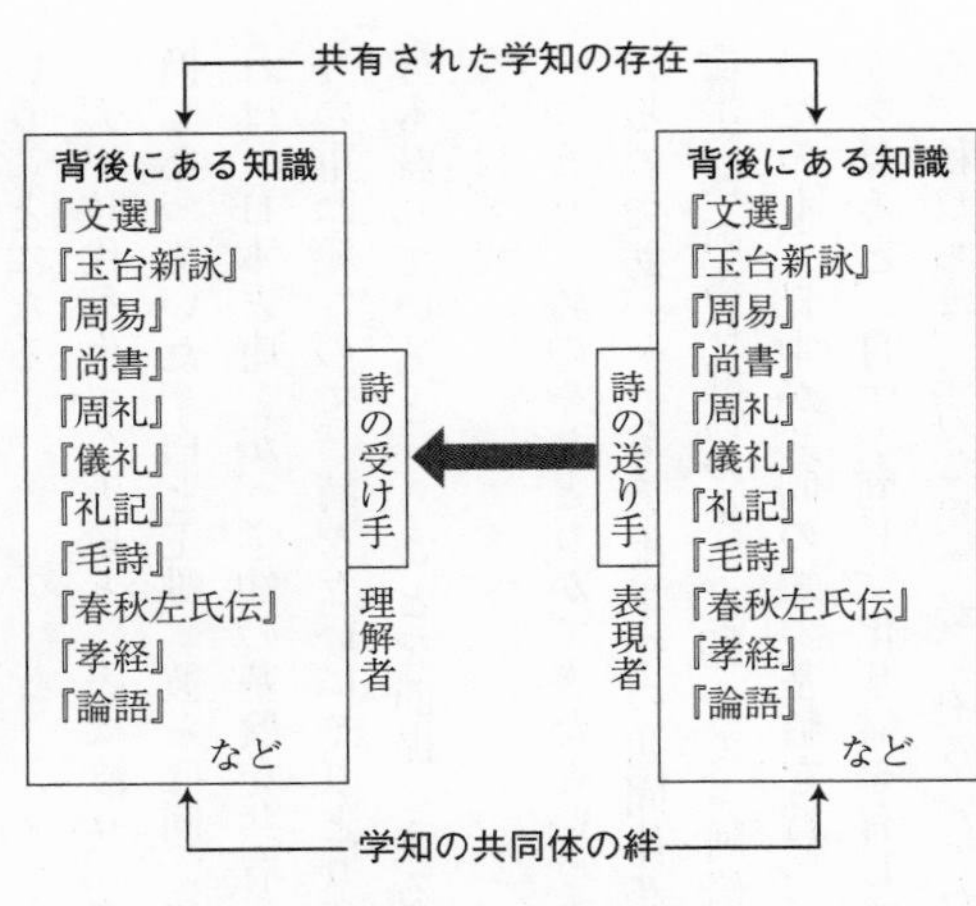

図11　学知の共同体の構造

グローバル化への同調重圧のなかで

東アジアの漢字文化圏の一員となるということは、日本の生き残り戦略のうえで、必要不可欠な選択であった。それは、今日でいうグローバリズムの波である。だから、グローバル化への大きな同調重圧が働くことになるのである。ここでいう「同調重圧」とは、同じようにならなくてはならないとする圧力のことである。ところが、この同調重圧が強くなればなるほどに、ローカル化への同調重圧も強くなってゆく（＝日本回帰志向）。そうやって、辺境に生きる人間は、心のバランスを取ってゆくのである。

▽英語を勉強しない人は、三流の人生しか歩めません。

▼日本の文化に無知な人は、根無し草です。

という二つの言説の揺れのなかで、私たちは、今を生きている。

『万葉集』ができた時代は、政治、都城、官僚制などのすべての機構を隋唐から学んでいた時代であった。そういった時代に、大陸文化の玄関口である大宰府で宴を催した律令官人たちは、「古＝中国」「今＝日本、私」という軸で、やまと歌を作ろうとした。『万葉集』において、日本挽歌（巻五の七九四）とか、倭歌（巻五の八七六）といった場合、すべてそれは、漢詩が意識されている場合に限られるのである。醍醐朝における「続万葉集」の編纂も、唐風文化浸透への反動であろう（一八四〜一九六頁）。

明治時代人の心のバランス

この構造は、明治時代でも同じだ。いや、いつの時代だろうと変わらない。私たちは、常にマイノリティーなのだから。同調重圧が中国文化から西洋文化に変わっただけの話である。正岡子規の俳句、短歌の革新運動も、欧化に対して心のバランスを取るものであったといえよう。その子規がもっとも重んじたのが、『万葉集』なのであった。子規は、四季と恋の文学であり、その「あや」を追求するやまと歌を、西洋の詩に接して、窮屈なものに感じたのであろう。それよりも、この伝統が出来上がっていない初期の万葉歌の方が、自由度が高い

C　B　A　C′　B′　A′
グローバル化の同調重圧　ローカル化の同調重圧

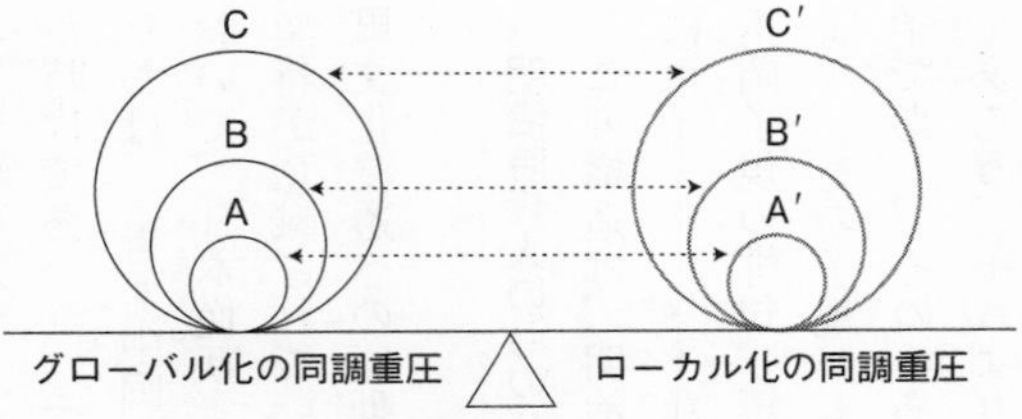

図12　同調重圧と心の均衡

と判断したのである。近代短歌は、型を守る文学から、型を破り続ける文学へと変わった。近代の万葉礼讃は、じつに、この正岡子規からはじまるのである。

今日でいう文化財の保護と日本絵画の革新を指導した岡倉天心（おかくらてんしん）（一八六三〜一九一三）の活動も、欧化に対して日本人の心のバランスを取るための運動であった、と思う。そして、岡倉天心も、古代と日本の美術を礼讃した。これも、心のバランスを取る運動ということができる。

また、武士道的キリスト教者といわれる内村鑑三（うちむらかんぞう）（一八六一〜一九三〇）は、二つの「J」、すなわち「イエス」と「日本」への二つの忠誠を誓うことで、心のバランスを取ろうとしたのであった（鈴木範久『内村鑑三』）。

グローバル化への同調重圧を大きくするもう一つの重大な要因は、戦争である。戦争に負けるということは、戦争に勝った国の文化に従うということにほかならない。折口信夫（一八八七〜一九五三）が、敗戦後に、「神やぶれたまふ」と叫んだのは、そのためである（『近代悲傷集』）。太平洋戦争の戦時中ほど、『万葉集』がもてはやされた時代はなかった。

では、戦争が終わったらどうなったか。じつは、相も変わらず万葉礼讃の時代は続いたのである。アメリカ文化の大波のなかで、左派の文化人も右派の文化人も、同じく『万葉集』を持ち上げたのであった。江戸後期の国学者たちによる古典研究も、ひしひしと迫りくる西洋列強の東洋進出という重圧のなかで生まれたものである。私たちの万葉学も、この時期の研究の蓄積に負うところが大きいし、それを凌駕できているわけでもない。

休眠と覚醒の『万葉集』

そういった外来文化の同調重圧が大きくなるたびに、『万葉集』は脚光を浴びはじめ、いわば休眠状態から目覚めるのである。では、万葉覚醒のたびに『万葉集』に求められたことは何かといえば、それは『万葉集』の日本的側面だけなのである（一八五頁）。が、しかし。縷々述べてきたように、『万葉集』の淵源の一つは、中国の『文選』にあるのであり、六世紀前半の中国詩の文学理論にその源があるのである（二二五頁）。

今、もし『万葉集』に風が吹いているとすれば、それは、なぜか。おそらく、日常生活にまで押し寄せてきたネット文化とAI化の重圧によるものだろう。ネット社会は、英語が支配する社会なのだ。身近な生活世界に迫ってきたグローバル化の波に対して抗する力が、今、働きはじめたのである。果たして、偉大なる文化遺産の未来やいかに――。

ただ、私は、グローバル化のなかでの日本回帰、万葉回帰をあからさまには否定したくない。というのは、いつの時代も、文化の辺境に生きる私たちは、そうやって心のバランスを取ってきたからである。やはり、私は、「もちろん、杜甫と李白は世界文学だよ。でも、『万葉集』だって、世界の『万葉集』だぞ。これは、日本の、いや世界の宝だ――」といいたいのである。一方、やみくもな礼讃言説に対しては、「『文選』なくして『万葉集』なし」と言ってバランスを取りたい、と思う。今、私が、本書を世に問う理由は、次の一言に尽きる。

それは、『万葉集』そのものが、東アジア漢字文化圏の同調重圧のなかで、もがき苦しんだ先祖の文学であったということを、少しでも多くの人びとに知ってほしかったからである。

あとがき

私が育ったのは、福岡市郊外の住宅地である。子供のころ、社会福祉事業で有名なゼノ・ゼブロフキー修道士（一八九一～一九八二）が街にやって来て、廃品回収をしていたので、よく手伝った。ゼノさんの白い髭で頬擦りをされた日を、昨日のことのように思い出す。ゼノさんは、カトリックなのに、廃品回収をする家に仏壇や神棚があれば、必ず合掌した。また、それを手伝う子供たちにも必ず合掌させてからしか、廃品回収をしなかった。私の家の仏壇と神棚にも、回向（？）してくれた。すると私の祖母のキクノは、ゼノさんと私たちにお菓子をくれた。そんなことを、あちらこちらの家でやるもんだから、私たちは、夕方になると持ちきれないくらいのたくさんのおやつを持って、町内を練り歩くのだった。兄は、おやつ回収班（犯）と言って笑っていた。

あとで聞いた話だが、回収した廃品を売っても、たいした収益にならなかったそうである（たぶん、子供たちにゼノさんは奉仕の心の種まきをしていたのだろう）。じつは、わが家は、地元の氏神社の敬神会と、お寺の檀家総代会、教会の日曜奉仕会の三つを、祖母、父、母で順番にやっていたのだ。それも、二年ごとに順番が変わって務めていたのだ。その父の言い分が、ひどかった。「ホトケしゃまにも、マリアしゃまにも、ご恩があるやろがぁ。うちには、おまえんごつ、バカ息子がおるけん、神頼みばせないかんたい——」というのである。たぶん、三人にとっては、観音経（かんのんきょう）も、大祓詞（おおはらえのことば）も、讃美歌も同じなのだろう。それに、身内を悪く言ってはよくないが、なんでも教の信者である三人には、掌（てのひら）を合わせている神仏に対する知識などゼロに等しかった、と思う。が、しかし。わが家では、こういうことを神仏に縁ができることだからよいことだといって、あたりまえにやっていたのだ。それも、いわばコスタリカ方式で、である。

日本は、漢字を学ぶことによって、歴史を持つ国となり、東アジアの文化圏の一員となることができた（第一章）。ただ、それは、辺境の一メンバーに過ぎなかったのだが——。漢字も、儒教も、仏教も、律令も、この国に入ると、みんなグダグダになって、日本化してしまうのである。『万葉集』は、六世紀前半の中国の詩学、その詩学によって編纂された『文選』の影響を受けて編纂された書物だが、そんなことを、今、声高に語る人などいない。「万葉」という言葉からして、漢語なのだが、多くの人びとは、この書に日本的なるものを求めている（だから、「バンヨウシュウ」と読んでもかまわないのだ）。

第一、日本文化というものが強調される時というのは、いつも外部に強力な外来文化の脅威がある時なのだ。『万葉集』の声とは、強力な中国文化に対して、私たちにだってこんないい歌があるんだぞ、という辺境に生きる貧者、弱者の抗（あらが）いの声ではなかったのか？　空元気の声なのではなかったのか、と思う。声を上げなければ、言挙げをしなければ、心のバランスを失ってしまったのであろう（二二六〜二三四頁）。だから、私は、客観的な分析を求められる研究者ではあるけれども、『万葉集』を限りなく限りなく愛おしいものに思ってしまうのである。

私は、今、なんでも教（＝無限寛容教）の信者であったゼノさん、祖母、父、母に対して、謝りたい。外側からやって来た文化を受け入れて、やがて彼我の差をなくしてしまうのが、日本文化の特性だということを、『万葉集』を四十年研究して、ようやくわかりましたよ、と。冥界（めいかい）にいるみなさま方の知的レベルにようやく追いつきましたよ、と。

末筆とはなってしまったが、いつも応援してくれている佐伯恵秀、大場友加、仲島尚美、太田遥の諸氏には、この書のことでもお世話になった。また、西一夫と郭恵珍の両氏には、『梁書』の中国語による注釈書の入手、翻訳でお世話になった。皆の衆に、多謝、感謝、ありがたく。ありがたく。

令和二年（二〇二〇）文月

還暦の誕生日に

筆者識

参考文献

赤塚　忠　一九六七年『新釈漢文大系第二巻　大学・中庸』明治書院

朝比奈英夫　二〇一九年『大伴家持研究―表現手法と歌巻編纂―』塙書房

井手　至　一九九三年『遊文録（萬葉篇一）』和泉書院

伊藤　博　一九七四～一九九二年『古代和歌史研究』全八巻、塙書房

稲岡耕二　二〇一一年『人麻呂の工房』塙書房

乾　善彦　二〇一七年『日本語書記用文体の成立基盤―表記体から文体へ―』塙書房

井ノ口史　一九九七年「万葉集巻十三の問答歌―三三〇五～九番の歌について―」『人間文化研究科年報』第十三巻所収、奈良女子大学

井村哲夫　一九九七年『憶良・虫麻呂と天平歌壇』翰林書房

上野　誠　二〇一三年『遣唐使　阿倍仲麻呂の夢』角川学芸出版

――　二〇一四年『万葉びとの宴』講談社

――　二〇一五年『日本人にとって聖なるものとは何か』中央公論新社

――　二〇一八年『万葉文化論』ミネルヴァ書房

上野誠・大浦誠士・村田右富実編　二〇一九年『万葉をヨム―方法論の今とこれから―』笠間書院

参考文献

内田賢徳　二〇〇五年『上代日本語表現と訓詁』塙書房

遠藤耕太郎　二〇二〇年『万葉集の起源—東アジアに息づく抒情の系譜—』中央公論新社

遠藤　宏　一九九一年『古代和歌の基層—万葉集作者未詳歌論序説—』笠間書院

大石泰夫　一九八八年「虫麻呂の地名表現—東国関係歌をめぐって—」『美夫君志』第三十七号所収、美夫君志会

大浦誠士　二〇〇八年『万葉集の様式と表現—伝達可能な造形としての〈心〉—』笠間書院

大谷雅夫　一九八八年「『万葉集』書名の考察」『文学』第五十六巻第六号所収、岩波書店

奥村和美　二〇一三年「万葉後期の翻訳語—正倉院文書を通して—」『叙説』第四十号所収、奈良女子大学日本アジア言語文化学会

小野　寛　一九九九年『万葉集歌人摘草』若草書房

折口信夫　一九九五年「万葉集研究」折口信夫全集刊行会編『折口信夫全集』第一巻、中央公論社、初出一九二八年

——　一九九七年「近代悲傷集」折口信夫全集刊行会編『折口信夫全集』第二十六巻、中央公論社、初版一九五二年

尾山　慎　二〇一九年『二合仮名の研究』和泉書院

垣見修二　二〇一〇年「反歌附加の試み—巻十三異伝歌群の背景—」『高岡市万葉歴史館紀要』第二十号所収、高岡市万葉歴史館

影山尚之　二〇一七年『歌のおこない—萬葉集と古代の韻文—』和泉書院

梶川信行　二〇〇九年『額田王—熟田津に船乗りせむと—（ミネルヴァ日本評伝選）』ミネルヴァ書房

金井清一　一九八四年『万葉詩史の論』笠間書院

川合康三　二〇一八年　川合康三ほか訳注『文選　詩篇（一）』「解説」岩波書店

菊川恵三　二〇一〇年「梅花の宴試論—宴席歌・季節歌との比較から—」五味智英・小島憲之編『萬葉

集研究』第三十一集所収、塙書房
菊地義裕　二〇〇六年　『柿本人麻呂の時代と表現』おうふう
北川和秀　二〇〇二年　『群馬の万葉歌』あかぎ出版
神野志隆光　一九九二年　「「個」の抒情への離陸」『柿本人麻呂研究』塙書房
小島憲之　一九八八年　『上代日本文學と中國文學　中　―出典論を中心とする比較文學的考察―』塙書房、初版一九六四年
近藤信義編　二〇〇八年　『修辞論』おうふう
坂本信幸　二〇二〇年　『万葉歌解』塙書房
桜井　満　二〇〇〇年　『桜井満著作集』全十巻＋別冊、おうふう
桜井満訳注　一九九一年　『万葉集（上）』「万葉集の名義と成立」旺文社、初版一九八八年
佐竹昭広ほか校注　一九九九年　『萬葉集一（新日本古典文学大系）』岩波書店
品田悦一　一九九〇年　「東歌の文学史的位置づけはどのような視野をひらくか」『国文学　解釈と教材の研究』第三十五巻第五号所収、学燈社
――　二〇〇五年　「東歌・防人歌論」『セミナー万葉の歌人と作品』第十一巻所収、和泉書院
――　二〇一九年　『万葉集の発明―国民国家と文化装置としての古典　新装版』新曜社、初版二〇〇一年
白井伊津子　二〇〇五年　『古代和歌における修辞』塙書房
城崎陽子　二〇〇四年　『万葉集の編纂と享受の研究』おうふう
新沢典子　二〇一七年　『万葉歌に映る古代和歌史―大伴家持・表現と編纂の交点―』笠間書院
鈴木　喬　二〇一二年　「防人歌の用字―装置としての文学―」『あいち国文』第六号所収、愛知県立大学文学部国文学科あいち国文の会

参考文献

鈴木範久　一九八四年『内村鑑三』岩波書店
鈴木宏子　二〇一八年『「古今和歌集」の創造力』NHK出版
平舘英子　一九九八年『萬葉歌の主題と意匠』塙書房
高松寿夫　二〇〇七年『上代和歌史の研究』新典社
竹田　晃　二〇〇一年『文選（文章篇）下（新釈漢文大系）』明治書院
多田一臣　二〇一三年『古代文学の世界像』岩波書店
辰巳正明　一九八七年『万葉集と中国文学』第一、笠間書院
田中康二　二〇一五年『本居宣長の国文学』ぺりかん社
田中大士　二〇一一年「万葉集〈片仮名訓本〉の意義」萬葉語学文学研究会編『萬葉語文研究』第七集所収、和泉書院
谷口雅博　二〇〇八年『古事記の表現と文脈』おうふう
鉄野昌弘　二〇〇七年『大伴家持「歌日誌」論考』塙書房
東城敏毅　二〇一六年『万葉集防人歌群の構造』和泉書院
東野治之　一九七七年『正倉院文書と木簡の研究』塙書房
土佐秀里　二〇二〇年『律令国家と言語文化』汲古書院
富原カンナ　二〇〇七年「「日本挽歌」に前置きされた漢文についての考察」『和漢比較文学』第三十九号所収、和漢比較文学会
中西　進　二〇〇七〜二〇一二年『中西進著作集』全三十五巻、四季社
西　一夫　二〇一六年「『杜家立成雑書要略』の基礎的性格―敦煌書儀の形式・表現・配列の分析を通して―（上代文学のテキスト性をめぐって）」『国語と国文学』第九十三巻第十一号所収、明治書院

錦織浩文　二〇一一年　『高橋虫麻呂研究』おうふう
橋本達雄　一九八二年　『万葉宮廷歌人の研究』笠間書院、初版一九七五年
花房英樹　一九八六年　張茂先「情詩二首五言」『文選』第二十九巻「雑詩　上」全釈漢文大系刊行会編『文選（詩騒編）四（全釈漢文大系）』集英社、初版一九七四年
平川　南　二〇一九年　『文字文化のひろがり―東国・甲斐からよむ―』吉川弘文館
廣岡義隆　二〇二〇年　『萬葉形成通論』和泉書院
廣川晶輝　二〇一五年　『山上憶良と大伴旅人の表現方法―和歌と漢文の一体化―』和泉書院
古橋信孝　二〇一五年　『柿本人麿―神とあらはれし事もたびたびの事也―（ミネルヴァ日本評伝選）』ミネルヴァ書房
松浦友久　一九九五年　『『万葉集』という名の双関語――日中詩学ノート』大修館書店
松田　聡　二〇一七年　『家持歌日記の研究』塙書房
――　二〇二〇年　「『万葉集』と東国―『更級日記』を視野に―」和田律子・福家俊幸編『更級日記上洛の記千年――東国からの視座』所収、武蔵野書院
身崎　壽　二〇〇五年　『人麻呂の方法―時間・空間・「語り手」―』北海道大学図書刊行会
三田誠司　二〇一二年　『萬葉集の羈旅と文芸』塙書房
村田右富実　二〇〇四年　『柿本人麻呂と和歌史』和泉書院
――　二〇一九年　『令和と万葉集』西日本出版社
毛利正守　一九八五年　「額田王の心情表現―「秋山我れは」をめぐって―」『文林』第二十号所収、松蔭女子学院大学学術研究会
山﨑健司　二〇一〇年　『大伴家持の歌群と編纂』塙書房
山田孝雄　一九五五年　「万葉集の編纂は宝亀二年以降なるべきことの証」『万葉集考叢』寶文館、初出一九二四年

山本健吉・池田彌三郎　一九六三年『萬葉百歌』中央公論社

渡瀬昌忠　二〇〇二～二〇一二年『渡瀬昌忠著作集』全八巻＋補巻二巻、おうふう

渡邉　卓　二〇一二年『『日本書紀』受容史研究―国学における方法―』笠間書院

渡部　修　一九九七年「八世紀の雄略朝認識と『万葉集』」古典と民俗学の会編『古典と民俗学論集（桜井満先生追悼）』所収、おうふう

上野 誠（うえの・まこと）

1960年（昭和35年），福岡県に生まれる．國學院大學大学院文学研究科博士課程後期単位取得満期退学．博士（文学）．奈良大学文学部国文学科教授．研究テーマは万葉挽歌の史的研究，万葉文化論．日本民俗学会研究奨励賞，上代文学会賞，角川財団学芸賞，奈良新聞文化賞，立命館白川静記念東洋文字文化賞，日本エッセイスト・クラブ賞を受賞．

著書『折口信夫 魂の古代学』（角川ソフィア文庫）
『おもしろ古典教室』（ちくまプリマー新書）
『万葉びとの奈良』（新潮選書）
『万葉びとの宴』（講談社現代新書）
『日本人にとって聖なるものとは何か』（中公新書）
『万葉集から古代を読みとく』（ちくま新書）
『万葉文化論』（ミネルヴァ書房）
『入門 万葉集』（ちくまプリマー新書）
『万葉学者、墓をしまい母を送る』（講談社）
ほか

万葉集講義（まんようしゅうこうぎ）
中公新書 2608

2020年9月25日発行

著 者 上野 誠
発行者 松田陽三

本文印刷 三晃印刷
カバー印刷 大熊整美堂
製 本 小泉製本

発行所 中央公論新社
〒100-8152
東京都千代田区大手町 1-7-1
電話 販売 03-5299-1730
編集 03-5299-1830
URL http://www.chuko.co.jp/

Published by CHUOKORON-SHINSHA，INC.
Printed in Japan ISBN978-4-12-102608-8 C1292

中公新書刊行のことば

一九六二年一一月

いまからちょうど五世紀まえ、グーテンベルクが近代印刷術を発明したとき、書物の大量生産は潜在的可能性を獲得し、いまからちょうど一世紀まえ、世界のおもな文明国で義務教育制度が採用されたとき、書物の大量需要の潜在性が形成された。この二つの潜在性がはげしく現実化したのが現代である。

いまや、書物によって視野を拡大し、変りゆく世界に豊かに対応しようとする強い要求を私たちは抑えることができない。この要求にこたえる義務を、今日の書物は背負っている。だが、その義務は、たんに専門的知識の通俗化をはかることによって果たされるものでもなく、通俗的好奇心にうったえて、いたずらに発行部数の巨大さを誇ることによって果たされるものでもない。現代を真摯に生きようとする読者に、真に知るに価いする知識だけを選びだして提供すること、これが中公新書の最大の目標である。

私たちは、知識として錯覚しているものによってしばしば動かされ、裏切られる。私たちは、作為によってあたえられた知識のうえに生きることがあまりに多く、ゆるぎない事実を通して思索することがあまりにすくない。中公新書が、その一貫した特色として自らに課すものは、この事実のみの持つ無条件の説得力を発揮させることである。現代にあらたな意味を投げかけるべく待機している過去の歴史的事実もまた、中公新書によって数多く発掘されるであろう。

中公新書は、現代を自らの眼で見つめようとする、逞しい知的な読者の活力となることを欲している。

中公新書

宗教・倫理

b 1

中公新書 1886

日本史

d1

- 2189 歴史の愉しみ方 磯田道史
- 2455 日本史の内幕 磯田道史
- 2295 天災から日本史を読みなおす 磯田道史
- 2579 米の日本史 佐藤洋一郎
- 2389 通貨の日本史 高木久史
- 2321 道路の日本史 武部健一
- 2494 温泉の日本史 石川理夫
- 2299 日本史の森をゆく 東京大学史料編纂所編
- 2500 日本史の論点 中公新書編集部編
- 1617 歴代天皇総覧 笠原英彦
- 2302 日本人にとって聖なるものとは何か 上野誠
- 1928 物語 京都の歴史 脇田修・脇田晴子
- 2345 京都の神社と祭り 本多健一
- 482 倭国 岡田英弘
- 147 騎馬民族国家(改版) 江上波夫
- 2164 魏志倭人伝の謎を解く 渡邉義浩
- 1085 古代朝鮮と倭族 鳥越憲三郎
- 2533 古代日中関係史 河上麻由子
- 2470 倭の五王 河内春人
- 2462 大嘗祭―天皇制と日本文化の源流 工藤隆
- 1878 古事記の起源 工藤隆
- 2095 『古事記』神話の謎を解く 西條勉
- 804 蝦夷(えみし) 高橋崇
- 1041 蝦夷(えみし)の末裔 高橋崇
- 1622 奥州藤原氏 高橋崇
- 1293 壬申の乱 遠山美都男
- 1568 天皇誕生 遠山美都男
- 2371 カラー版 古代飛鳥を歩く 千田稔
- 2168 飛鳥の木簡―古代史の新たな解明 市大樹
- 2353 蘇我氏―古代豪族の興亡 倉本一宏
- 2464 藤原氏―権力中枢の一族 倉本一宏
- 2362 六国史(りっこくし)―日本書紀に始まる古代の「正史」 遠藤慶太
- 1502 日本書紀の謎を解く 森博達
- 2563 持統天皇 瀧浪貞子
- 2457 光明皇后 瀧浪貞子
- 1967 正倉院 杉本一樹
- 2054 正倉院文書の世界 丸山裕美子
- 2452 斎宮―伊勢斎王たちの生きた古代史 榎村寛之
- 2441 大伴家持 藤井一二
- 2510 公卿(くぎょう)会議―論戦する宮廷貴族たち 美川圭
- 1867 院政 美川圭
- 2536 天皇の装束 近藤好和
- 2559 菅原道真 滝川幸司
- 2281 怨霊とは何か 山田雄司
- 2127 河内源氏 元木泰雄
- 2573 公家源氏―王権を支えた名族 倉本一宏

言語・文学・エッセイ

j1

中公新書

地域・文化・紀行

t 1

中公新書

地域・文化・紀行

t2